Reinhold Besser

Das Verhältnis von Remy Belleau's Steingedicht

Zu den früheren Steinbüchern und den sonstigen Quellen

Reinhold Besser

Das Verhältnis von Remy Belleau's Steingedicht
Zu den früheren Steinbüchern und den sonstigen Quellen

ISBN/EAN: 9783743358492

Hergestellt in Europa, USA, Kanada, Australien, Japan

Cover: Foto ©Andreas Hilbeck / pixelio.de

Manufactured and distributed by brebook publishing software (www.brebook.com)

Reinhold Besser

Das Verhältnis von Remy Belleau's Steingedicht

Das Verhältnis

von

Remy Belleau's Steingedicht

Les Amours Et Nouueaux Eschanges Des Pierres Precieuses, Vertus Et Proprietez D'Jcelles

zu den früheren Steinbüchern

und den sonstigen Quellen.

Inaugural-Dissertation

behufs Erlangung der Doktorwürde

eingereicht

bei der Philosophischen Fakultät der Universität Leipzig

von

Reinhold Besser.

Oppeln.
Eugen Franck's Buchhandlung (Georg Maske).
1886.

Vorbemerkung.

Die nachfolgende Abhandlung bildet nur einen Teil der vom Verfasser im Manuskript bei der Philosophischen Fakultät zu Leipzig eingereichten Dissertation. Vollständig ist dieselbe abgedruckt bei Behrens und Kœrting, *Zeitschrift für nfrz. Sprache und Litteratur*, Bd. VIII (1886), Heft 5, unter dem Titel:

„Über Remy Belleau's Steingedicht „Les Amours Et Nouueaux Eschanges Des Pierres Precieuses, Vertus Et Proprietez D'Icelles", nebst einem einleitenden Überblick über die Entwickelung des an die Edelsteine geknüpften Aberglaubens".

Unter Hinweis auf jene *Zeitschrift*[1]) mögen hier nur die Überschriften der hier nicht wieder abgedruckten Abschnitte der Abhandlung folgen:

1. *Die Entwickelung des an die Edelsteine geknüpften Aberglaubens.*
2. *Überblick über Remy Belleau's Leben und Werke.*
3. *Datierung des Belleau'schen Steingedichts.*
4. *Überblick über die von Belleau im Steingedicht angewandten Metra.*

Die in jenen Abschnitten näher besprochenen Quellen der Dichtung Belleau's (bezgl. des Edelsteinaberglaubens) sind:

1. Plinius: *Historia naturalis* (ed. Sillig, etc.).
2. Marbod: *Liber lapidum seu de gemmis* (ed. Joh. Beckmann, Göttingen 1799).

---

[1]) Die Hinweise auf diese Zeitschrift sind im nachfolgenden Text einfach mit „Zschr." gegeben.

3. *Le grand Lapidaire ou sont declarez les noms orientalles avecque les vertus et proprietes d'icelles . . . Compose par Messire Jan de Mandeville.* Paris 1561. (ed. Js. del Sotto: Le Lapid. du 14ᵉ siècle, Vienne, 1862.
4. *Orphei Lithika* (ed. Eug. Abel, 1881). Deutsch von Prof. Dr. Seidenadel. Progr. Nr. 475. Bruchsal 1876.
5. Georg Agricola: *De Ortu et Causis Subterraneorum* und
6. „ „ *De Natura Fossilium* (1546), (ed. Kœnig, Basil. 1647).
7. Hieronymus Cardanus: *De Subtilitate.* (Opera omnia, tom. III).
8. Dioscorides: *De re medica* (ed. Sprengel).

Von Belleau's Werken wurde die folgende Ausgabe benutzt: *Œuvres complètes de Remy Belleau, nouvelle édition, publiée d'après les textes primitifs avec variantes et notes* par A. Gouverneur, 3 tomes. Paris et Nogent-le-Rotrou, 1847, in der Bibliothèque Elzevirienne.

Das Verhältnis von Remy Belleau's Steingedicht zu den früheren Steinbüchern und den sonstigen Quellen.

Belleau hat zu seinem Steingedicht in Bezug auf den Edelsteinaberglauben folgende Quellen benutzt: Vor allem Plinius, Marbod, Pseudo-Mandeville, dann die Lithika, Georg Agricola, Cardano und Dioscorides. Er behandelt nur den magisch-medizinischen Aberglauben; die christlich-allegorische Deutung der Edelsteine und ihrer Eigenschaften berührt er gar nicht. Er hat von dieser christlichen Steinsymbolik entweder gar nichts gewusst oder dieselbe in Übereinstimmung mit Henricus Stephanus (cf. Zschr. VIII[1], p. 200) für zu absurd gehalten, als dass sie einer Erwähnung wert gewesen wäre. Man kann aber darum nicht behaupten, dass Belleau die Vorliebe der damaligen Zeit für die Allegorie schon überwunden hätte. So schildert er z. B. in dem Steingedicht „L'Agathe" (p. 109[1]), wie Venus aus dem Schlummer erwacht und von ihren Dienerinnen geschmückt wird. Die erste derselben ist eine allegorische Figur:

„*La Beauté pleine d'allegresse,*
Dame d'honneur de la Princesse."

Auch das Gefolge der Göttin besteht aus allegorischen Figuren:

„*Là se trouvent les mignardises,*
Les attraits, les ris, les surprises,
Les ruses de son fils Amour,
Les plaisirs, les douces malices,
Les souspirs, les pleurs, les delices,
Suite ordinaire de sa cour."

[1]) Die Seitenangaben bei Zitaten aus dem Steingedicht beziehen sich auf Band III der Ausgabe von Gouverneur, wo das Steingedicht p. 5—160 steht.

Dies sind freilich die einzigen allegorischen Elemente in Belleau's Steingedicht.

Das Gedicht *L'Agathe* nimmt noch insofern eine Sonderstellung in dem Werke ein, als der Achat der einzige Stein ist, den Belleau als Gemme behandelt. Der von ihm geschilderte Achat zeigte den Helikon mit dem Pegasus, den Musen und Apollo. Plinius *(H. N.* 37, 3) und Marbod (v. 57—60) erwähnen einen Achat, den Pyrrhus besessen haben soll, und der die Musen und Apollo „von der Natur" eingraviert gezeigt habe. Belleau hat in seiner Schilderung diese Angaben offenbar benutzt. Den Pegasus könnte Belleau aus dem astrologischen Gemmenbuche bei Pseudo-Mandeville entlehnt haben, wo es heisst (p. 121[1]): „*La pierre qui a un cheval à ailes qu'on apelle Pegasus, cette pierre est bonne aux chevaliers, car elle fait le cheval léger et hardi contre autres chevaux*". Allein es ist deshalb nicht wahrscheinlich, dass Belleau durch diese Gemme veranlasst worden sei, dem von Marbod geschilderten Gemmenbilde einen Pegasus hinzuzufügen, weil Belleau nicht die jener Gemme oben zugeschriebenen Kräfte anführt, sondern die Kräfte, welche Plinius (37,54), Marbod (§ 2), die *Lithika* (v. 810 ff.) und Pseudo-Mandeville (p. 23 und 84) dem Achat beilegen. Wenn er einmal aus Marbod das die Musen und Apollo darstellende Bild entlehnte, konnte der Gedanke an den den Musen geweihten Helikon und den darauf entspringenden Quell Hippokrene, von dessen Entstehung durch einen Hufschlag des Pegasus er spricht, ihm nicht so fern liegen, als dass er nicht auch ohne Vermittelung jener bei Pseudo-Mandeville geschilderten Gemme darauf hätte kommen können, den Pegasus dem von Marbod geschilderten Bilde hinzuzufügen. Dass Belleau die dem *Grand Lapidaire* beigefügten Gemmenbücher aus dem Drucke von 1561 kennen gelernt habe, soll damit nicht bestritten werden: benutzt hat er sie aber ebensowenig, wie alle übrigen Gemmenbücher, von denen er vielleicht gar nichts wusste.

Dass Belleau in dem Gedicht „*l'Agathe*" die *Lithika* benutzt hat, lässt sich aus den von Belleau in Übereinstimmung mit den *Lithika* dem Achat beigelegten Kräften nicht beweisen, da Plinius, Marbod und Pseudo-Mandeville dieselben Kräfte anführen. Aber Belleau erzählt vom Achat, die roten Flecken dieses Steines rührten vom Blute der Götter her: als Saturn Aufruhr im Reiche der Götter stiftete und die Götter mit ihm handgemein wurden, sei das Blut aus den Wunden der Götter

---

[1]) Die Zitate aus Pseudo-Mandeville beziehen sich auf die durch Js. del Sotto besorgte Neuausgabe des Druckes von 1561.

auf die Erde geflossen; die Parze habe, da das Schicksal nicht wollte, dass ein Ding göttlichen Ursprungs verderbe, das Götterblut mit Erde vermischt und an der Sonne erhitzt, so dass es zu Stein — eben zum Achat — wurde. Diese Sage hat nun Belleau den *Lithika* (v. 642 ff.) entnommen, wo sie aber auf die Entstehung des Hämatit sich bezieht (cf. Zschr. VIII¹, p. 188). — Den *Lithika* entnahm er ferner, wie schon bemerkt (Zschr. VIII¹, p. 206 Anm.), die Fabel von der Entstehung der Korallen aus Zweigen, auf welche Perseus das Medusenhaupt gelegt hatte, und von der durch Pallas bewirkten Begabung der Korallen mit allerlei Kräften und auch diese Kräfte selbst. Auf Benutzung der *Lithika* weisen sonst nur noch in dem Gedicht *La Gayate* (p. 149 bis 150) die Worte:

„.... *de sa puante haleine*
„*Elle provoque et fait couler les fleurs*
Sans se purger qui font mille douleurs"

hin: sie entsprechen den v. 485 ff. in den *Lithika*.¹)

Agricola benutzte Belleau vornehmlich in seinen Vorreden zum Steingedicht. Dieselben sind nichts als ein Auszug des 4. Buches von Agricola's Schrift: *De Ortu et Causis Subterraneorum*. Belleau spricht hiernach in den Vorreden von der Substanz, der Farbe, den „Fehlern", dem Gewicht, der Härte, kurz, von den natürlichen Eigenschaften der Edelsteine im allgemeinen. Wenn Belleau in dieser wissenschaftlich sein sollenden Abhandlung dem Publikum somit das damals Neueste und Beste bot, so hätte er doch füglich an seinem Gewährsmann sich ein Beispiel nehmen können und diesen offen als seine Quelle nennen können. Agricola fügte jedem seiner Werke ein Verzeichnis der von ihm benutzten Autoren bei, und gerade in dem von Belleau benutzten Werke begründet er diese Gewohnheit mit den Worten: „*ne videar quenquam gloria, magno et multo labore parta, voluisse fraudari*". Belleau dagegen sagt am Schlusse seiner Vorrede (p. 22 Anm.): „*Voyla le Recueil que i'ay peu faire des vertus et proprietez des Pierres precieuses, pris de la meilleure part de ceux qui en ont escrit, tant pour honorer leur memoire que pour vous faire participans de mon petit labeur*". Er konnte gut von „*petit labeur*"

---

¹) Dr. Seidenadel übersetzt diese Stelle also (v. 489 ff.):
Und wenn ein Weib umwandelt den zaubererfüllten Rauchqualm
Und in den inneren Körper den hochaufwirbelnden aufnimmt,
Rasch dann fliesset im Innern hinab viel dunkeler Blutsaft,
Welcher im weiblichen Leibe zuunterst verschlossen zurückblieb;
Aber sie freuet sich dann, wenn beim Lohen des Steines sie wahrnimmt,
Wie aus dem Leibe sofort ihr die Blutansammlung entfliesset,
Denn sie entgehet dadurch endlos andauernder Krankheit. —

reden; jedenfalls hätte er sich mehr noch, als den Agricola, geehrt, wenn er diesen seinen Gewährsmann genannt hätte, anstatt sich den Anschein zu geben, als hätte er — wie Agricola es wirklich gethan hat — die in den früheren Steinbüchern verstreuten Notizen mühsam zusammengestellt. Zu Belleau's Entschuldigung lässt sich allerdings anführen, dass noch im 16., ja noch im 17. Jahrhundert veröffentlichte Schriften gleichsam als Allgemeingut galten, auf welches die betr. Autoren kein besonderes Eigentumsrecht mehr hatten.

Belleau scheint auch Agricola's Schrift *De Natura Fossilium* gekannt zu haben. Er sagt in dem Gedichte *L'Emeraude*, der scythische Smaragd werde gefunden:

Entre l'or fin estincelante (p. 96),

und gleich darauf erwähnt er einen lakonischen Smaragd. Beide Angaben fehlen in den Steinbüchern[1]) und Belleau scheint deshalb hierfür die folgende Stelle über den Smaragd aus Agricola *De Natura Fossilium* Lib. VI benutzt zu haben:[2]) „*reperitur in Scythia Asiatica, in Bactris, in Media, in Perside, in aurariis Arabiae metallis, ..., in Taygeto Laconiae monte, ad Hermionem oppidum Achaiae, in argentariis Atticae*", etc.: hier wird wenigstens sowohl ein in — allerdings arabischen, nicht scythischen — Goldgruben gefundener, als auch ein lakonischer Smaragd erwähnt. — In dem Gedichte *La Pierre d'Aymant ou Calamite*" nennt Belleau als Fundorte des Magneteisensteines ausser den in den alten Steinbüchern angegebenen Ländern (Indien, Äthiopien u. s. w.) auch Deutschland, Spanien und Italien. Deutschland und Spanien nennt Agricola (De Nat. Foss. lib. V; a. a. O. p. 604) als Fundorte des Magnetsteins; Italien und Spanien führt als solche Cardanus in seiner Schrift *De Subtilitate* (Opera III, 477) an: Belleau hat hier also teils aus Agricola, teils aus Cardanus geschöpft.

Aus Cardanus entlehnte Belleau noch folgende Angaben über den Magnetstein: 1) dass der Magnet infolge eines geheimen Einflusses des Sternbildes des Bären stets nach Norden zeige (cf. Zschr. VIII¹, p. 200); Belleau beging hier (p. 54) insofern eine Ungenauigkeit, als er dem grossen, nicht wie Cardanus dem kleinen Bären jenen Einfluss zuschreibt; er erlaubte sich diese Änderung, weil er in diesem Gedichte die Fabel von der Verwandlung der Kallisto in „den grossen Bären" erzählen wollte (cf. unten p. 32 Anm.);

---

[1]) Nur Psellus (11. Jahrh.) nennt Griechenland als Fundort des Smaragden (cf. Schade *Wb.* II², 1428), den kannte aber B. nicht.
[2]) Georgii Agricolae ... *De Natura Fossilium libri X* ... Basil. Sumpt. et Typ. Emanuelis König. 1657. p. 621.

2) dass eine mit einem mattgelben Magnetstein geriebene Klinge das Fleisch durchschneide, ohne es zu verletzen, da der Schnitt sofort zuheile (p. 56—57). Cardanus sagt (a. a. O. p. 475 ff.): „*Succedit ferrugineo magneti candidus, et creagus, quasi si carnem ducens: experimentum est quod labris haeret leuis* ... (also meint er wohl eine Art Speckstein oder sog. Steinmark) ... *Non absimilis huic videtur magnes alius, cuius ego experimentum tale vidi. Attulerat Laurentius Guascus Cherascius, prouinciae Turonensis medicus empiricus, his diebus hunc lapidem, pollicebaturque posse, si vel stylum, aut acum tangeret, carnem totam absque ullo dolore penetrare: quod cum nobis, ut par est, ridiculum rideretur, rem experimento in meis contubernalibus confirmauit. Ego tandem, ut tam incredibilis rei periculum facerem, acum ipsam prius lapidi affricatam cuti, adiutorii brachii inutili, sensique primo leuissimam punctionis imaginem: post cum totum musculum quasi directa penetraret: acum quidem in profundum, qua pererrabat penetrare sentiebam, dolorem nullum penitus sensi: tuncque familiaribus quod in me fueram, expectus credidi. Dimisi vero longo spatio flectens undique brachium, nec quicquam molestum sensi, nec detracto effluxit sanguis: nec foramen ullum relictum est: quandoque semiguttula leuis cruoris, non autem sanguinis, effluit, qua vestigium vulneris deprehenditur. Nec qui autor rei huius erat, loco neruorum, aut venarum obseruari volebat, ut plane intelligeremus vim lapidi inesse. Lapis faba parua minor fuit, candidus, buxeusque potius, quam candidus, venis ferrugineis distinctus, lenis admodum ac leuis, ut totus pondus granorum tritici impleret. Ipsa vero acus, quam ei obtuleram, confricata, etsi durissima esset, ut prius, adeo tamen, apparebat lenis, ut non amplius ferri naturam retinere rideretur*" etc. — In dem Gedicht *L'Hyacinthe et la Chrysolithe* identifiziert Belleau (p. 71) den Chrysolith mit dem Topas. Er wurde augenscheinlich durch folgende Stelle bei Cardanus (a. a. O. p. 466) dazu veranlasst: „*Chrysolithus vero longe nobilior est aestimatione achate, hunc vocant nostri topazium, sicut verum topazium, chrysolithum ... Ergo topazium nunc habemus, qui fuit antiquorum chrysolithus: atque contraria ratione, quem nunc vocamus chrysolithum, Topazius est verus antiquorum.*"

Dass Belleau Dioscorides benutzte, lässt sich nur aus folgenden beiden Stellen beweisen: 1) In dem Gedicht *La Pierre d'Aigle*, ditte Aetites sagt Belleau vom Adlerstein (p. 126):

„*On descouvre aisément par elle*
Le larron qui musse et recelle
Dedans la terre son larcin."

Die Steinbücher berichten von dieser Kraft des Ätites nichts: nur bei Aëtius („*contracta ex ueteribus medicinae sermones XVI.*"

II, c. 32) und bei Dioscorides („de mat. med." V, c. 161) findet sich eine gleiche Angabe. Dass, wie Sprengel (in seiner Ausg. des Dioscorides I, p. 818, Anm. 5) und nach ihm Schade (*Wb.* II², 1333) meinen, jene Stelle bei Dioscorides aus Aëtius interpoliert worden sei, thut hier nichts zur Sache: jedenfalls hätte Belleau beide Schriftsteller für seine obige Aussage benutzen können. Aëtius hat er aber wahrscheinlich nicht benutzt, da er sonst nichts weiter aus diesem entlehnte. Aus Dioscorides hat dagegen Belleau 2) noch in dem Titel *La Pierre Lunaire, ditte Selenites ou Ἀςροσέληνος* (p. 140) diesen letzteren griechischen Namen entnommen (Diosc. de mat. med. V, c. 158). Derselbe griechische Name kommt auch bei Galenus vor („*De simplicium medicamentorum temperamentis ac facultatibus lib.* IX, c. II, 21; ed. Kühn tom. XII, p. 208), allein hier in der Form ἀςροσέληνος, nicht, wie bei Dioscorides und Belleau, in der Form ἀςροσέληνος. Für eine Benutzung des Dioscorides seitens Belleau in beiden Fällen spricht ausserdem der Umstand, dass Aëtius den Ätit, aber nicht den Selenit, Galen den Selenit, aber nicht den Ätit behandelt: es wäre an sich schon höchst unwahrscheinlich, dass Belleau die eine Stelle aus Aëtius, die andere aus Galen herausgegriffen hätte, zumal da er diese beiden Autoren sonst nicht weiter benutzt. Es finden sich noch verschiedene Stellen in Belleau's Steingedicht, die mit Stellen aus Dioscorides übereinstimmen; allein dies sind lauter Angaben, welche Plinius, Marbod und darum meist auch Pseudo-Mandeville auch haben, und man muss in diesen Fällen,¹) da Belleau letzteren drei Schriftstellern am meisten folgt, entweder diese in erster Linie als Quellen nennen, oder — und dies ist vielleicht noch richtiger — von einer Entscheidung für Dioscorides oder für Plinius oder für Marbod etc. ganz absehen.

Für die Benutzung des Plinius, Marbod und Pseudo-Mandeville sind nicht, wie für die besprochene, von Belleau weniger benutzten Quellen, besondere Beweise nötig: Belleau schliesst sich so sehr diesen drei Autoren an — natürlich nur in bezug auf den Edelsteinaberglauben — dass die nun folgende Betrachtung über die Art, wie Belleau seine Quellen benutzte, zugleich der Beweis sein wird dafür, dass er sie benutzte.

Die Frage, wie Belleau seine Quellen benutzte, lässt sich kurz dahin beantworten, dass er im allgemeinen ziemlich genau die Angaben der von ihm benutzten Steinbücher wiedergiebt.

---

¹) cf. z. B. zu Belleau's Angabe (p. 83), die Koralle sei, wenn am Nabel getragen, gut gegen Harnfluss und Nasenbluten, Diosc. V. c. 138 u. Plinius 32, 11. —

Wie seine Quellen nennt er bei jedem Steine dessen Fundorte, dessen Farbe und, wenn sie besonders bemerkenswert ist, dessen Härte und was sonst noch für physikalische Eigenschaften bei den verschiedenen Steinen hervorzuheben waren (Glanz, Grösse etc.); nachher führt er die dem betreffenden Steine zugeschriebenen magisch-medizinischen Kräfte auf.[1]) Er gestattet sich jedoch hier zwei Freiheiten: er lässt einerseits oft einige in seinen Quellen angeführte Kräfte weg, andererseits legt er den Steinen oft Kräfte bei, von denen seine Quellen nichts berichten, die er mithin selbst erfunden hat. Gleich in dem ersten Steingedichte, über den Amethyst, giebt er z. B. in Übereinstimmung mit Plinius (37, 40), Marbod (§ 16), Pseudo-Mandeville (pag. 36) Indien als Fundort des Amethyst an, nennt seine Farbe weinrot und legt ihm Macht gegen Trunkenheit bei. Aus eigener Erfindung fügt er aber hinzu, der Amethyst mache: *„. . . agreable et gentil,*

„Sobre, honneste, courtois, d'esprit prompt & subtil,
Celuy qui dans le sein la portera celee,
Ou dessous le nombril estroitement collee“ (p. 41);

Dabei entlehnte er die Bedingung, dass der Amethyst am Nabel getragen werden müsse, dem *Grand Lapidaire* (pag. 36): *„Si elle est liée avec la pierre de sardoine sur le nombril de l'homme quand il est ivre, elle ôte l'ivroguerie de l'homme“;* von dem hier stehenden Zusatz: *„elle vaut aux veneurs (chasseurs) de bêtes sauvages à les prendre“* sagt Belleau aber nichts, und von den Kräften, die Plinius anführt, *„Magorum vanitas resistere ebrietati promittit, et inde appellatas. Praeterea si lunae nomen aut solis inseratur in iis, atque ita suspendantur collo e capillis cynocephali vel plumis hirundinis, resistere veneficiis. Jam quoque adesse reges adituris. Grandinem avertere et locustas, pre-*

---

[1]) Nur bei Iris und Opal und bei dem Asbest nennt B. keine Kräfte; allein dies ist leicht erklärlich: Plinius 37, 21 (Opal) und 37, 52 (Iris) giebt auch keine Kräfte bei diesen Steinen an; Pseudo-Mandeville nennt diese Steine überhaupt nicht, und Marbod führt zwar bei dem Opal (§ 49), aber nicht bei dem Iris (§ 47) Wunderkräfte an, nennt aber den Opal *„Ophthalmius“*, so dass B. in diesem Steine vielleicht gar nicht den Opal vermutete. — In dem Gedicht über den Asbest (p. 143—144) führt B. nach Plinius 37, 54 und Marbod (§ 23) Arkadien als Fundort des Asbest an, und dass der Asbest bräunliche Farbe habe; mit Marbod behauptet er, dass der Asbest brennbar und, wenn angezündet, unauslöschlich sei (daher *pierre inextinguible*). Heil- und Wunderkräfte des Asbest führt B. nicht an, weil Plinius und Marbod deren keine nennen; bei Pseudo-Mandeville fehlt der Asbest ganz, und, dass der von Dioscor. V, c. 155 und Plinius 36, 31 besprochene amiantus identisch mit dem Asbest ist, hat B. nicht gewusst.

catione addita, quam demonstrant" — erwähnt Belleau, wie gesagt, nur die erste.

Es kann nun nicht in der Ausführlichkeit, wie bei dem Amethyst, jede von Belleau über die Edelsteine gemachte Angabe hier auf ihren Ursprung hin geprüft werden; nur einige einer Erklärung bedürftige Punkte seien hervorgehoben:

Für die folgenden beiden Strophen des Gedichts *Le Diamant* habe ich keine Quelle finden können (p. 45):

„*Aucuns disent que ceste pierre*
Se tire des flancs de la terre
De Decan et de Bisnager,
De Mameluc, et que bien proche
Se trouue encor la vieille roche
Es mains d'un Barbare estranger."

„*Qu'oncques ne se trouua meslee*
Auec le Crystal, ny fouillee
Des mains auares de l'Indois,
Et que Cypre dedans ses mines
Ne trouue point ces pierres fines
Ny l'Arabe, ny le Medois."

Das Reich Dekhan liegt im südlichen Vorderindien, und allerdings war dessen Hauptstadt Golkonda berühmt als Mittelpunkt des indischen Diamantenhandels. *Bisnager* ist wahrscheinlich identisch mit dem Distrikt Bidshanagar in Vorderindien (cf. Klöden: „Handbuch der Erdkunde", 4. Aufl., 4. Teil, pag. 710). Das Land der Mameluken ist Arabien oder Egypten; wer aber der *Barbare estranger* ist, der *bien proche* dem Lande der Mamelucken — also vielleicht in Äthiopien? — wohnen soll, weiss ich nicht. Wenn nun Belleau in der zweiten der angeführten Strophen bestreitet, dass der Diamant in Indien, Cypern, Arabien u. s. w. gefunden werde — Angaben, die er vorher nach den Steinbüchern gemacht hat —, so bestreitet er offenbar die in der ersten jener zwei Strophen aufgestellten Behauptungen, auf die er noch dazu ausdrücklich Bezug nimmt — die ganze 2. Strophe ist noch abhängig von *Aucuns disent*). Dieser offenbare Widerspruch macht es sehr wahrscheinlich, dass irgend Jemand, der mit dem Edelsteinhandel vertraut gewesen ist, also vielleicht ein Goldschmied, dem Dichter mündlich jene speziellen Angaben über die Herkunft der Diamanten machte, und dass Belleau aus für die damalige Zeit leicht verzeihlicher Unkenntnis der Geographie des Orients diese Angaben fälschlich in einen Gegensatz zu den in den Steinbüchern gemachten Angaben setzte. Hierfür spricht einerseits der Umstand, dass kein Steinbuch das Dekhan u. s. w. als Fundort des Diamanten nennt, dass andererseits in keinem Steinbuche bestritten wird, dass der Diamant in Indien u. s. w. gefunden werde.

Vom Diamanten sagt Belleau nach seinen Quellen, dass er nicht durch Eisen noch durch Feuer verletzt werden könne, dass er nicht die Schmiedehand (*la main forgeronne*) des grossen Cyklopen Steropes fürchte; denn Hammer und Ambos würden eher zerbrechen als der Diamant. Als ein *miracle estrange de*

Nature führt er an, dass der Diamant, in Bocksblut getaucht, seine Härte verliert; noch geheimnisvoller erscheint ihm die einfache Thatsache, dass der Diamant nur in seinem eigenen Pulver sich schleifen lässt: er schreibt die Entdeckung dieses „Geheimnisses" nicht menschlichem Verstande, sondern den „*puissances plus secretes Des Dieux qui commandent ça bas*" zu. Diesen selben Gedanken spricht Plinius in Bezug auf die angebliche Erweichung des Diamanten in Bocksblut aus (*H. N.* 37, 15): „*Cuius hoc ingenio inventum? quove casu repertum? aut quae fuit coniectura experiendi rem immensi secreti et in foedissimo animalium? Numinum profecto muneris talis inventio omnis est.*" Eine

„*chose non croyable, Chose vrayment espouuantable De la force du Diamant*"

ist es ihm aber, dass der Diamant dem Magneteisenstein entgegen wirken solle, so zwar, dass von dem Magnet angezogenes Eisen vom Magneten abfalle, sobald ein Diamant in dessen Nähe gebracht werde, ebenso wie ein bei einer Plünderung raubender Soldat oft von seinem Vorgesetzten um die Beute betrogen wird — fügt Belleau erläuternd, aber zugleich höchst trivial, hinzu.

Es ist hier natürlich nicht der Ort, diese Angaben einer Kritik zu unterziehen: was an ihnen wahr, was verkehrt ist, liegt auf der Hand. Höchstens das sei erwähnt, dass erst 1694 die Gelehrten Averani und Targioni zu Florenz durch angestellte Versuche nachgewiesen haben, dass der Diamant nicht, wie man allgemein glaubte, unverbrennbar ist. Den Glauben, dass der Diamant im Bocksblut seine Härte verliere, hat aber Niemand einer wissenschaftlichen Probe gewürdigt, obwohl derselbe so allgemein war, dass — nach G. Grosze (*Cajus Plinius Secundus Naturgeschichte, übersetzt von G. Gr.*, 1788, 12. Band, pag. 39 Anm.) — in einem Kirchenliede gesungen wurde:

„Der Demant zerspringet,
Wenn Bocksblut ihn zwinget."

Die Fabel von der Wirkung des Diamanten auf den Magneten mag dadurch entstanden sein, dass man eine gewisse Art Magneteisen wegen seiner Härte für Diamant hielt. Das griechische ἀδάμας bedeutet ja ursprünglich „sehr hartes Eisen", erst später auch „Diamant", und daher wurden die französischen Bezeichnungen „*Adamant*" für Diamant, „*Aimant*" für Magneteisen von eben diesem Worte abgeleitet; und Plinius nennt *H. N.* 36, 25 einen Magneten „*Siderites*" und *H. N.* 37, 15 einen Diamanten „*Siderites, ferrei splendoris, pondere ante ceteros, sed natura dissimilis. Nam et ictibus frangitur et alio adamante perforari potest, quod et Cyprio evenit: breviterque, ut degeneres, nominis tantum auctoritatem habent.*

In dem Gedicht „*L'Hyacinthe et la Chrysolithe*" unterscheidet Belleau einen dunkel- und einen blassroten Hyacinth (p. 70); er folgt hier wohl Agricola, welcher in seinem Werke: *De Natura Fossilium* lib. VI. (a. a. O. p. 623) sagt: „*Jam vero purpureae gemmae sunt amethystus et hyacinthus . . . Hyacinthus autem duplex est, nigrior, quam marem appellamus: candidior, quam foeminam*". — Marbod, Pseudo-Mandeville, überhaupt alle Steinbücher des Mittelalters unterscheiden zwischen einem granatroten, einem gelben und einem bläulichen Hyacinth (cf. Schade, *Wb.* II², 1350 ff.). Als Fundort des blutroten Hyacinth giebt Belleau Ostindien an; er kann diese Angabe nur aus Pseudo-Mandeville haben; denn alle übrigen Steinbücher nennen gerade bei dem Hyacinth Indien nicht. Im *Grand Lapidaire* heisst es bei Besprechung des Granaten (pag. 37): „*. . . aucunes jacintes sont appelées grenates et sont trouvées en Inde . . .*" Diese Stelle nur kann ferner Belleau zu der sonst nirgends sich findenden weiteren Behauptung veranlasst haben, der aus Indien stammende Hyacinth hätte die Grösse eines Linsenkornes; er hatte offenbar Granaten im Sinne. — Den Chrysolith identifiziert Belleau, wie erwähnt, mit dem Topas; er vereinigt deshalb hier, was Marbod (v. 190, v. 210 ff.) und Pseudo-Mandeville (pag. 33 und 56) über diese beiden Steine sagen. Dass der Chrysolith, unter die Zunge gelegt, das Fieber stillen solle, hat Belleau selbst erfunden oder aus mündlicher Überlieferung: in den Steinbüchern steht nichts davon.

In dem Gedicht *La Carchedoine* bildete Belleau aus den beiden Sätzen des Plinius (37, 30) über den Chalcedon: „*Nascitur apud Nasamones in montibus, ut incolae putant, imbro divino*" und „*. . . sculpturae contumaciter resistunt*" die Strophe (p. 136):

„*Car on tient que la Carchedoine
(A la grandeur mal idoine)
Naist d'une pluye, tiedement
Qui trempe la terre allumee
De chaleur, qui la rend germee
De ce divin enfantement.*"

Die von Marbod (§ 6) und Pseudo-Mandeville (p. 53 und 83) dem Chalcedon beigelegten Kräfte führt Belleau nicht an, sondern er sagt aus eigener Erfindung, der Chalcedon sei wirksam gegen den Dämon, der uns des Nachts mit Träumen ängstige, gegen Furcht und Zorn. Diese Kräfte wurden allerdings oft anderen

Steinen zugeschrieben.¹) Belleau hat sie also nicht geradezu erfunden, sondern sie nur zum erstenmale auf den Chalcedon übertragen.

Dass der Beryll Trägheit verjage und den Stolz grausamer Feinde erniedrige (cf. p. 145), sowie, dass man mit Hilfe des Gagaten schwermütige und mondsüchtige Menschen als solche erkennen könne (p. 150), sagt Belleau aber aus eigener Erfindung. In dem Gedicht *La Gagate* sind die Verse (p. 150):

„*S'il doit eschcoir ce qu'on desire auoir,*
On dit pour vray qu'elle ne peut ardoir"

die Übersetzung der Worte des Plinius (36, 34): [„*Hoc dicuntur uti Magi in ea, quam vocant axinomantiam*], *et peruri negant, si eventurum sit, quod aliquis optet.*" Der Sinn dieser Worte ist dunkel: gebrauchte man den Gagat als Orakel, um zu sehen, ob ein Wunsch in Erfüllung gehe, indem man den Gagat anzündete, und sah man es als ein Zeichen an, dass der Wunsch sich erfüllen werde, wenn der Gagat nicht verbrannte? Soll man jene Worte so verstehen, so ist dies ein für den Fragsteller von vorn herein sehr ungünstiges Orakel gewesen, denn der Gagat wird stets als leicht-brennbar bezeichnet (man scheint eine Art Pechkohle darunter verstanden zu haben). — Auf Benutzung des Marbod (§ 18) in diesem Gedicht deutet nur der Ausdruck „*de forte teinture*" (p. 150) hin, welcher dem „*Lucidus*" bei Marbod (v. 276) entspricht.

Wie eingehend Belleau die Steinbücher studiert hat, dies beweist das Gedicht „*La Pierre d'Azur, ditte Lapis Lazuli*" (p. 153—154). Von Belleau's Quellen hat nur Pseudo-Mandeville den Lasurstein (p. 112²)); dieser führt aber keinen Fundort des Lasursteines an; Belleau dagegen nennt als solche Egypten, Scythien, Cypern, d. h. gerade die drei Länder, welche Plinius (37, 38) als Fundorte des Cyanus nennt. Der Cyanus und Sapphirus der Alten ist in der That identisch mit dem Lasurstein.³) Dies hat Belleau, wie die Nennung jener Fundorte beweist, erkannt, und zwar wohl daraus, dass Plinius den Cyanus (wie er, Belleau, den Lasurstein) als einen blauen, zuweilen mit Goldpunkten (d. h. eingesprengten Schwefelkies-Körnern) versehenen Stein schildert; und mit Recht mag er es als einen weiteren Beweis für diese Ansicht angesehen haben, dass Plinius

---

¹) Bei Marbod z. B. dem Diamanten (§ 1), dem Jaspis (§ 4), dem Chrysolith (§ 11), dem Schwalbenstein (§ 17), dem Karneol (§ 22) etc.
²) Über das erste Vorkommen dieses Steinnamens in den Steinbüchern cf. Schade, *Wb.* II², 1387.
³) cf. Schade, *Wb.* II² 1412.

den Cyanus direkt nach dem Jaspis behandelt: denn es ist richtig, dass der Lasurstein, wie Belleau sagt, die Härte des Jaspis besitzt.

Eine besondere Stellung nimmt unter den 31 Steingedichten Belleau's das Gedicht *La Coupe de Crystal* (p. 118—121) ein; denn Belleau besingt hier nicht den Bergkrystall im allgemeinen, sondern — wie schon der Titel sagt — speziell einen Krystallbecher. Wahrscheinlich kam er auf diesen Gedanken, weil Plinius (37, 9—10) den Krystall unter den Edelsteinen behandelt, aus denen kostbare Gefässe gemacht wurden, und so auch einige Krystallbecher erwähnt. Marbod führt über den Krystall nur die alte Ansicht an (§ 41), dass derselbe aus Eis entstehe,[1]) und dass er, in gepulvertem Zustande Ammen eingegeben, deren Milch vermehre. Pseudo-Mandeville (p. 89) fügt diesen Angaben noch hinzu: „*touchez du cristal la pierre qui semble avoir perdu sa vertu, et elle la recourira, si vous confessez le péché par lequel la pierre a perdu sa vertu; puis portez-la derechef.*" — Diese Angaben konnte Belleau nicht gut verwerten, da er einen Krystallbecher besang. Aus Krystallbechern trinkt man vorzugsweise Wein: und so dichtet denn Belleau dem Krystall fast lauter Kräfte an, die der Wirkung des Weines entsprechen: er verslisse uns die bitteren Sorgen etc. Eine besondere Erklärung erfordert nur die folgende Strophe:

„*C'est toy, c'est toy, Crystal gentil,*
Qui plein d'air fumeux et subtil,
Nous mets, resveurs, en allegresse:
Toy qui nous plantes sur se front
Le cornes qui branes nous font,
Quelque pauureté qui nous presse."

Belleau spielt in den drei letzten Versen wohl auf die „*Farce du Trop, Prou, Peu et Moins*", der Königin Marguerite von Navarra (1492—1549) an,[2]) in welcher Peu und Moins, zwei arme, aber zufriedene Männer, von der Natur mit Hörnern am Kopfe begabt sind, um sich gegen alle Unbillen schützen zu können.

Dieses letztere Gedicht ist aus dem Streben Belleau's hervorgegangen, möglichst viel Mannigfaltigkeit in sein Werk zu bringen. Der Edelsteinaberglaube an sich ist ja nicht bloss höchst prosaischer, sondern auch sehr einförmiger Natur. Belleau hatte dies wohl gefühlt, und er war bestrebt, sein Steingedicht

---

[1]) cf. Schade, *Wb.* II², 1303.
[2]) cf. Fournier, *Théâtre français avant la Renaissance*, Paris 1872. *gr. édit.* —

möglichst poetisch auszuschmücken, den Edelsteinaberglauben in das Gebiet der Poesie zu erheben. Seine Quellen boten ihm in dieser Beziehung wenig genug. Aus Plinius wird er, wie gesagt, die Idee empfangen haben, einen Krystallbecher statt eines blossen Krystalls zu besingen, sowie die Idee, den Achat als Gemme zu behandeln (doch könnte hierfür auch Marbod den Anstoss gegeben haben); im übrigen entlehnte er als poetische Ausschmückung aus Plinius nur noch die Fabel vom Ring des Polykrates, und zwar erzählt er sie in dem Gedicht *La Sardoyne* (p. 151), weil Plinius (37, 2) sagt, jener Ring habe einen Sardonyx enthalten. Weitere Unterstützung in seinem Streben, sein Steingedicht mannigfaltig und poetisch zu gestalten, fand Belleau bei Plinius aber nicht; denn die kurze Bemerkung des Plinius (37, 28), dass eine gewisse Rubinart, der „*sandaresus*", in Beziehung zu den Sternen gebracht wurde, weil darin sichtbare Goldpünktchen fast in gleicher Zahl und Konstellation wie die Hyaden ständen, kommt hier kaum in Betracht, obwohl Belleau sie in dem Gedicht *Le Rubis* (p. 75) erwähnt.

Aus den *Lithika* konnte Belleau bei der von diesem Gedicht durchaus verschiedenen Anlage seines Werkes nur die Episoden über die Entstehung der Koralle und des Hämatites (des Achats bei Belleau) verwerten (cf. oben p. 6—7, Zschr. VIII[1], p. 188, 206). Die Fabel von der Koralle hatte er schon 1555 in dem Hymnus *Le Coral* behandelt und zwar nach Ovid (cf. Zschr. VIII[1], p. 206). Aus Ovid hatte jedenfalls auch der Dichter der *Lithika* jene Fabel entlehnt, und das ist hauptsächlich die Nachahmung des Orpheus, deren sich Belleau in den Vorreden rühmt, dass auch er aus Ovid schöpfte, was er für sein Steingedicht brauchen konnte.

Nach Ovid (*Met.* IV, 281 ff.) erwähnt Belleau in dem Gedicht *Le Diamant*, freilich nur sehr kurz in zwei Strophen (p. 47), die Sage, dass Jupiter den kretischen Jüngling Celmis, der ihn in seiner Jugend bewacht hatte, in Diamant verwandelt habe, damit derselbe sich nicht rühmen könne, ihn in der Wiege gesehen zu haben.

In dem Gedicht *La Pierre Aqueuse*, ditte Ἔνυδρος nennt Belleau den Enhydros (p. 147) eine „*Pierre tousiours larmoyante*" und fügt zur Erklärung folgenden Vergleich hinzu:

„*Comme le marbre en Sipyle*
Qui se fond et se distille
Goutte à goutte en chaudes pleurs."

Belleau spielt hier auf die von Ovid (*Met.* VI, 146—312) erzählte Fabel an, dass Niobe aus Gram über den Verlust ihrer Kinder zu Marmor erstarrte und trotzdem immer noch Thränen vergoss: ein Windstoss trug die Erstarrte auf den Gipfel des Berges Sipylus in Lydien, wo Niobe als Jungfrau wohnte, und:

„... *ubi fixa cacumine montis*
Liquitur, et lacrimas etiam nunc marmora manant."

Die Sage von dem Medusenhaupt, dessen Anblick Jeden versteinerte, kannte Belleau, wie das Gedicht *Le Coral* beweist; und die Erzählung, wie Mercur den Battus in Stein verwandelte, war ihm sicher aus Ovid (*Met.* II, 680 ff.) bekannt: er hat beide jedoch nicht verwertet. Gleichwohl haben diese ovidischen Fabeln Belleau unverkennbar dazu angeregt, in ähnlicher Weise neue Fabeln über die Entstehung der einzelnen Edelsteine zu erdichten. Durch die Titelworte: *Les Amours et nouveaux Eschanges des Pierres precieuses* deutet Belleau an, wie er diese Aufgabe zu lösen suchte. Er erklärt sich darüber selbst deutlicher in der an König Heinrich III. gerichteten Widmung, indem er sich pag. 8) rühmt: *de ceste mienne et nouuelle inuention d'escrire des Pierres, tantost les deguisant sous vne feinte metamorphose, tantost les faisant parler, et quelquefois les animant de passions amoureuses et autres affections secretes, sans toutes fois oublier leur force, ny leur proprieté particuliere.* Unter einer erdichteten Metamorphose (dies Wort schon deutet auf Ovid hin) wollte also Belleau die Edelsteine darstellen, er wollte sie reden und lieben lassen, d. h. er wollte sie als Menschen darstellen, die — wie die Menschen in den genannten ovidischen Erzählungen — bei irgend einer zu schildernden Gelegenheit in Stein verwandelt wurden und zwar in den Edelstein, dessen Namen sie tragen. Da die Erzählungen, wo Belleau die Edelsteine als Menschen darstellt, den ovidischen Erzählungen am vollkommensten entsprechen, so glaube ich, dass Belleau dieselben zuerst von seinen 31 Steingedichten gedichtet hat; ja, vermutlich lag es ursprünglich in Belleau's Absicht, für alle Edelsteine, die er beschreiben wollte, solche Fabeln zu erfinden. In dem Haupttitel des Werkes (cf. oben pag. 1) bezeichnen wenigstens die Worte „*les Amours . . . des p. pr.*" nur diese von Belleau erfundenen Erzählungen, und die andere Hälfte des Titels *vertus et proprietez d'icelles* giebt nur den aus den Steinbüchern entnommenen Teil des Inhalts an; die anderen Elemente, mit denen Belleau sein Steingedicht selbstständig ausschmückte, finden in dem Titel gar keinen Ausdruck: Belleau scheint daher den Titel des Werkes schon, bevor er es zu schreiben anfing, festgestellt und damals also nur beabsichtigt zu haben, ausser über die Kräfte und Eigenschaften der Edelsteine auch — und zwar nach freier Erfindung — über deren *Amours et nouveaux Eschanges* zu schreiben. In Wahrheit hat aber

Belleau diesen Gedanken nur in den wenigsten Gedichten durchgeführt — vollkommen nur in den drei Gedichten: „*L'Amethyste*", „*Les Amours de Hyacinthe et de Chrysolithe*" und „*Les Amours d'Iris et d'Opalle*" —, er fühlte wohl selbst, dass die Idee einer Verwandelung von Menschen in Stein, 31 resp. 33 Mal angewandt, höchst lächerlicher und abgeschmackt hätte wirken müssen.

Eine genaue Analyse eines jener drei Gedichte wird am deutlichsten zeigen, wie Belleau seinen Plan ausführte. Ich wähle hierzu das Gedicht über den Amethyst, welches das erste der 31 Steingedichte Belleau's ist — sowohl in Bezug auf seine Stelle im Steingedicht, als auch gewiss in Bezug auf die Zeit seiner Entstehung — und darum erklärlicher Weise am vollkommensten nach Belleau's ursprünglichem Plane gearbeitet ist. Das Gedicht führt den Titel: „*L'Amethyste, ou les Amours de Bacchus et d'Amethyste*". — Belleau singt hier also von der Liebe des Bacchus zu einem Mädchen Amethyste; diese Amethyste ist aber eine von Belleau erfundene Figur.

In der Weise der alten Epiker beginnt Belleau das Gedicht mit einer Anrufung: er fleht die Muse an, mit ihm einen neuen Pfad zu suchen, den nur zu oft betretenen Pfad nach dem Zwillingshügel — dem zweigipfligen Parnassus — zu meiden; die Wasser der Quellen des Permessus könnten gar nicht die Menge derer befriedigen, die sich an den Fuss jenes Berges drängten, um dort ihren Durst zu stillen, d. h. mit anderen Worten: um die Gabe der Dichtkunst zu erlangen; denn Belleau spielt hier offenbar auf die Sage an, dass ein Trunk aus dem castalischen Quell den Trinker sofort zum Dichter mache (cf. Ovid, *Amor.* lib. 1, *Eleg.* 15, v. 36). Diese Kraft schrieb die Sage aber nur dem castalischen, nicht dem Quell des Permessus zu, obwohl beide den Musen geweiht waren. Der castalische Quell liegt auf dem Parnassus, der Permessus entspringt auf dem Helikon. Belleau hielt jedenfalls, da er den Quell des Permessus nach dem Parnassus verlegt und ihm jene nur dem castalischen Quell angeblich innewohnende Wunderkraft zuschreibt, diese Quellen für ein- und dieselbe. Zu dieser irrigen Ansicht mag ihn der Grammatiker Servius verleitet haben, der — meines Wissens zuerst und allein — den Helikon für den einen der beiden Gipfel des Parnassus erklärte in seinem Vergilkommentar (ad *Aen.* VII, 641), welcher schon in den von Belleau gewiss benutzten Vergilausgaben von R. Stephanus (Paris 1532) und G. Fabricius (Bas. 1551) mit abgedruckt ist.

Belleau sagt in der Anrufung an die Muse weiter: er wolle eine ganz neue Quelle in fernen Bergen zuerst entdecken, fliegen mit seinen eigenen Flügeln u. s. w., d. h. er wollte etwas ganz Neues singen: und er dichtet nun folgende Erzählung:

Nach Besiegung der Titanen halten die Götter Rat, wie sie die um ihre Kinder — die Titanen — weinende Erde beruhigen könnten; sie beschliessen, die Erde zu besuchen, und, um diese zu versöhnen, sollte ihr jeder Gott und jede Göttin ein schönes Geschenk verehren. Der Beschluss wird sofort ausgeführt: mit gesenktem Haupt, von den Winden getragen, schweben mittelst bunter Flügel die Götter zur Erde hinab.[1]) Sie umarmen und liebkosen ihre Verwandte und beschenken sie, wenn auch indirekt, indem sie die Kinder der Erde, die Menschen, belehren: Jupiter lehrt sie bauen,[2]) Merkur Handel treiben,[3]) Pallas sich kleiden,[4]) das Meer und die Winde in Segel- und Ruderschiffen bezwingen;[5]) Mars belebt ihre Kraft, dass sie Krieger werden; Apollo lehrt sie singen und mit Lorbeer sich bekränzen; Ceres lehrt sie die Erde pflügen und das Getreide ernten:

„*Et toy, pere Bacchus, tu changeas le breuvage*
Des cruches d'Achelois à ce doux pressurage
Que tu fis escouler du raisin pourprissant . . ."[6])

---

[1]) Dass die alten Egypter, die Phönicier und besonders die Etrusker viele ihrer Gottheiten mit Flügeln abbildeten (cf. Winkelmann: *Werke*, ed. v. H. Meyer und J. Schulze III, p. 112, 148, 180), wird B. schwerlich gewusst haben. Homer kennt noch keine geflügelten Gottheiten; seine Götter schreiten durch die Luft, auf dem Wasser, oft mit gewaltigen Schritten, nur Berggipfel berührend (cf. z. B. *Il.* XIII, 16 ff.); getragen werden die Götter bei Homer durch die „goldenen", „ambrosischen" Sohlen (cf. z. B. *Od.* I, 96) und Iris heisst die „goldgeflügelte" nicht deshalb, weil sie mit goldenen Flügeln die Luft durchfliegt, sondern weil sie auf den goldenen Sandalen so schnell dahinschreitet, dass sie zu fliegen scheint. Die späteren griechischen und römischen Dichter kennen wohl geflügelte Gottheiten, auf Bildern und Gemmen finden sich welche abgebildet; allein Dichter und bildende Künstler gaben doch den schreitenden Gang der Götter trotz der angenommenen Flügel, die höchstens die Füsse unterstützten, niemals auf, besonders liessen sie nie einen Gott mit gesenktem Haupte vom Himmel zur Erde herabfliegen. B., der das letztere Bild gebraucht, weicht hierin also von den Alten ab: er hat schon die moderne Vorstellungsweise, nach welcher besonders Engel häufig abgebildet wurden und werden. — Näheres über geflügelte Gottheiten cf. bei Voss: *Mythologische Briefe*, 2 B. 1809.

[2]) Hierfür kann ich keine Quelle nachweisen, also wohl von B. erfunden.

[3]) cf. Diod. Sic. l. V, c. 75 (ed. v. H. Stephanus 1559, p. 236). Übersetzt von Jacques Amyot. *Histoires de Diodore de Sicile*. 1554. — lib. I—III. —

[4]) Pallas als Erfinderin weibl. Arbeiten (Weberei, Stickerei etc.) bei Homer; cf. auch Ovid Fast. III, 816.

[5]) cf. Hygin. Fab. 272.

[6]) Diod. Sic. l. III, c. 63 erzählt dasselbe von dem sog. „indischen Bacchus"; gerade diesen meint B. später.

redet Belleau den Bacchus direkt an, dessen doppelte Geburt er nun rühmt, indem er auf die Sage anspielt,[1]) dass Semele, die in Folge ihrer Liebschaft mit Jupiter schon sechs Monate schwanger war, so sehr erschrak, als ihr Jupiter auf ihre Bitten hin in seiner wahren Gestalt erschien, dass sie den Bacchus vorzeitig gebar, worauf denn Jupiter die Frühgeburt sich selbst in den Schenkel einnähte, wo sie zur vollen Reife gelangte und dann zum zweiten Male geboren wurde. — Belleau schildert den Bacchus als immer fröhlich und munter, von vollem und frischem Aussehen und er leitet dann zur eigentlichen Erzählung über, indem er sagt, dass er ihn, den Bacchus, besingen wolle. Den Schauplatz dieser eigentlichen Erzählung verlegt er nach Indien, da seine Quellen Indien als Fundort des Amethyst angeben:

Bacchus hat eben seinen berühmten Zug nach Indien gemacht, die Inder besiegt und triumphiert nun über diesen seinen Sieg; da sieht er die schöne Amethyste und entbrennt in Liebe zu ihr. Dies geschah an demselben Tage, an welchem die tollen Mänaden die Erde durchzogen in wildem, bacchantischem Taumel. Bacchus findet, dass das Schicksal ihm nicht gestattet, die Reize der schönen Amethyste zu geniessen: die keusche Diana und die Gestirne sind seine Feinde. Er ruft wütend die Mänaden zu sich, besteigt seinen Wagen und durchzieht, von den Bacchantinnen begleitet, das Land, und im Zorne schwört er, der erste Mensch, der dem Zuge entgegenkommen werde, solle den vor seinen Wagen gespannten Tigern und Leoparden zum Opfer fallen. Amethyste kommt, um die Götter zu begrüssen und der Diana zu opfern, als erste der Schaar entgegen; von dieser bedrängt, ruft sie Diana um Mitleid und Hilfe an. Sie hat noch kaum geendet, da macht schon „une morne rigueur" ihr Blut, Herz und Lungen gerinnen, ein kalter Schweiss badet ihr Gesicht; dreimal versucht sie zu gehen, aber die Füsse sind erstarrt; dreimal versucht sie, den Hals zu wenden, aber er biegt sich nicht, ist hart wie ein Fels und auch ihre auf den Sand geflossenen Thränen sind zu Stein geworden. Bei diesem Wunder entsetzt sich Bacchus und bebt vor Furcht, obgleich er ein Gott ist; die Tiger scharren die Erde; die Bacchantinnen umtanzen die schöne versteinerte Gestalt und krönen sie. Bacchus, von Zorn und Schmerz gleichmässig ergriffen, spricht zugleich Fluch und Segen über den Stein aus: seinen göttlichen Zorn solle der Stein in sich nähren, gerötet, wie er selbst, solle der Stein sein und den, der ihn trägt, vor der Trunkenheit schützen u. s. w. — Indem so Bacchus dem Amethyst alle die

---

[1]) cf. Ovid. Met. III, 253. Hygin. Fab. 179.

oben (p. 11 ff.) erwähnten Kräfte verlieh, riss er aus einer Ranke, die seine Stirn bekränzte, eine Traube und zerdrückte sie in seiner Hand, dass der rote Saft sich über die noch schreckensbleiche Amethyste ergoss, wovon diese jene weinrote Farbe erhielt, die der Stein noch heute hat. — So feierte, sagt Belleau, Bacchus das Leichenbegängnis seiner keuschen Geliebten, und die Ufer des Ganges, die tiefen Thäler und benachbarten Hügel hallten wieder vom Klange seiner Klagen.

Man kann dieser Erzählung eine gewisse Anmut nicht absprechen, zumal da Belleau durch eine treffliche Schilderung des Bacchuszuges die Geschichte noch sehr poetisch ausgeschmückt hat. Die ganze Erzählung hat Belleau frei erfunden; doch ist er in einzelnen charakteristischen Zügen durchaus der mythologischen Überlieferung gefolgt. Man kann dies nur billigen; denn durch diese Anknüpfungen hat Belleau seine Erzählung so eng mit der antiken Sage verwebt, dass man sie für einen Teil der letzteren halten könnte, wenn nicht die sehr modern klingenden Liebesklagen des Bacchus den jüngeren Ursprung verrieten. Die Hauptaufgabe aber, die Erzählung mit dem Edelsteinaberglauben zwanglos zu verbinden, d. h. die dem Amethyst dem Aberglauben nach zukommenden Kräfte zu erwähnen, ohne in den prosaischen Ton der meisten Steinbücher zu verfallen, diese schwierige Aufgabe hat Belleau hier — in der geschilderten Weise — mit grossem Geschick gelöst.

Dies lässt sich nicht behaupten von dem Gedicht: „*Les Amours de Hyacinthe et de Chrysolithe*" (pag. 64—72). Hier identifiziert Belleau den Hyacinth mit dem Hyacinth der antiken Sage, den Apollo liebt und aus Versehen bei dem Diskuswerfen tötet (cf. Ovid, *Met.* X, v. 162—219). Eine Chrysolithe kommt in der Mythologie nicht vor: Belleau hat diese Mädchenfigur erdichtet. — Hyacinth liebt die Chrysolithe, sie erhört ihn aber nicht; er ergeht sich deshalb in Liebesklagen, worin er die Geliebte um Erwiderung seiner Neigung bittet. Indem nun Belleau den Jüngling in seinen Bitten zu Chrysolithe sagen lässt: sie solle ihn nicht verachten, er würde ja selbst von Apollo und Zephyr geliebt — leitet Belleau auf die antike Sage von Hyacinth über. Mit den Versen (éd. Gouv. III, p. 66):

„*Le Dieu qui terrassa en sa blonde ieunesse*
De ses traits empennez l'effroyable serpent . . ."

deutet Belleau auf die Sage von der Erlegung des Drachen Python[1]) durch Apollo hin. — Ehe Belleau den Tod des Hyacinth erzählt, schildert er erst den Ort, wo Hyacinth klagte und

---

[1]) „*serpens*" nennt ihn Ovid: *Met.* I, 439. —

dann verunglückte. Diese Naturschilderung ist trotz ihrer Kürze — sie umfasst nur 20 Verse — ein kleines Meisterstück poetischer Detailmalerei zu nennen, durchaus charakteristisch für Belleau's Dichtungsweise, weil sie deren Vorzüge und Mängel — lebensvolle, anschauliche Darstellung, aber oft sehr gesuchte Sprache — in sich vereinigt. Die Geschichte selbst erzählt Belleau nach Ovid, zum Teil diesen geradezu übersetzend; doch auch die von Lucian (*Dial. Deor.* 14, 2) erzählte Variante jener Geschichte erwähnt Belleau, wenn auch mehr beiläufig, dass nämlich Zephyr aus Eifersucht und um sich zu rächen, weil Hyacinth den Apollo mehr liebte als ihn, den von Apollo geschleuderten Diskus dem Jüngling ins Gesicht geblasen und dadurch Hyacinth getötet habe.

Während nun bei Ovid, der ja die Entstehung der von den Alten *hyacinthus* genannten Blume erzählt, das Blut des zum Tode getroffenen Hyacinth nur „*humi signaverat herbam*", hebt Belleau, immer seinen Zweck im Auge behaltend, hervor, dass auch die Steine vom Blute Hyacinths gerötet worden seien. — Auch darin weicht Belleau von Ovid ab, dass er nicht, wie dieser, Apollo selbst klagen lässt, sondern nur schildert, wie rührend Apollo geklagt haben soll: wie die Nachtigall, wenn sie ihre Brut nicht mehr im Neste findet u. s. w., u. s. w. Dass Belleau den Apollo sieben Monate klagen lässt, ist wohl kein Zufall: es wird ihm bekannt gewesen sein, dass die Siebenzahl im Apollodienste als heilige Zahl galt.

Ohne jeden vermittelnden Übergang behandelt dann Belleau den Stein Hyacinth (cf. oben pag. 14). Da er den blutroten Hyacinth besonders hervorhebt, so lässt sich annehmen, dass er den Ursprung dieses Edelsteines von den durch das Blut des Jünglings Hyacinth geröteten Steinen ableiten wollte; so wenigstens erklärt sich, warum er, abweichend von Ovid, recht prosaisch-genau sagt: das Blut des Hyacinth rötete „*les pierres et les fleurs*". Aber diese Beziehung hat er merkwürdiger Weise nicht ausgesprochen; es folgt vielmehr ohne weiteres die Beschreibung des Steines. Nach dieser nimmt Belleau, abermals ohne vermittelnde Anknüpfung, die unterbrochene Erzählung wieder auf. Chrysolithe sieht nach Hyacinth's Tode ihre Grausamkeit ein und wählt Egypten zu ihrem Wohnort, weil dort Hyacinth sein Leben verlor. Apollo aber, von Eifersucht ergriffen, verbirgt die beiden Geliebten in ein- und demselben Sarge, d. h. — wie Belleau höchst prosaisch-erklärend hinzufügt — der Hyacinth findet sich in demselben Boden, welcher das „versteinerte Herz der Chrysolithe" in sich birgt. — Mit der Aufzählung der Eigenschaften und Kräfte des Chrysolithes schliesst Belleau dieses Gedicht.

In diesem Gedicht hat Belleau also den Edelsteinaberglauben gar nicht mit der von ihm erfundenen Fabel verwoben. Es ist dies ein bedeutender Mangel, und Belleau mag dies selbst empfunden haben, da er in dem dritten zu dieser Gruppe gehörigen Gedichte: *Les Amours d'Iris et d'Opalle* keine Kräfte der beiden hier behandelten Steine anführt; allerdings führen seine Quellen hier auch keine Kräfte an (cf. oben p. 11), aber Belleau trug doch sonst kein Bedenken, aus eigener Erfindung den Edelsteinen Kräfte anzudichten. Gerade das Fehlen des Edelsteinaberglaubens gereicht aber diesem Gedichte zum Vorteil; wenigstens wirken diese Elemente in demjenigen über Hyacinth und Chrysolith im höchsten Grade störend. Der Inhalt des Gedichtes über Iris und Opal ist in Kürze folgender: Unter Iris versteht Belleau die Himmelsbotin der griechischen Mythologie, speziell die Dienerin der Juno; wie die Alten, schildert auch Belleau sie als geflügelt: sie hat bunte Flügel an Schultern und Füssen u. s. w. Den Opal macht Belleau zu einem schönen Jüngling, welcher die Heerden des Neptun hütet (über die dem Poseidon geweihten Tiere, die in Poseidonmythen oft wiederkehrenden Lämmerheerden, die Rosse Poseidons u. s. w. cf. Preller, *Griech. Mythologie* I, 366 ff.). Iris, von der eifersüchtigen Juno ausgesandt, den ehebrecherischen Zeus zu belauschen, ruht sich ermüdet am Gestade Indiens aus, um sich abzukühlen und um ihren Durst zu stillen:

„*Mais las! vne autre soif a son ame alteree*" (p. 80);

sie liebt Opal, und dieser wird, sobald er sie erblickt, von Liebe zu ihr ergriffen; aber da er merkt an ihrer Lieblichkeit, dass sie kein irdisches Wesen ist, ergreift ihn Furcht, ohnmächtig sinkt er um. Doch Amor eilt schnell herbei und giebt ihm die Besinnung wieder („mit derselben Hand, mit der er ihn verwundete, öffnet er ihm die Augen und mit dem Ende seiner Flügel die festgeschlossenen Lippen; er wäscht ihm Schläfe und Augen mit wohlriechendem Wasser und giebt ihm dadurch den Geist und die frühere rote Farbe wieder"). Nun will Opal der Iris entgegen, die ihn noch immer mit ruhenden Füssen erwartet; je mehr ihn die Liebe treibt, um so mehr hält ihn eine kalte Furcht zurück; doch Iris, obgleich die Scham sie momentan zurückhält, umarmt und liebkost ihn. Erzürnt über das lange Ausbleiben der Iris, erspäht Juno die Liebenden, nimmt beide in einer dunkeln Wolke gefangen und versteinert den Opal noch in den Armen seiner Geliebten, „wie der bösartige Krebs mit unsichtbarem Gange unmerkbar von Nerv zu Nerv kriecht, so verhärtet eine rauhe Kälte allmählich Opals Herz und Sehnen.

Erstarrt sinkt Opal nieder; von seiner Liebe zu einer Unsterblichen hat er nichts zum ewigen Gedächtnis, als seine Farben."
Iris flog weinend wieder zum Himmel empor:

> „*Du crystal de ses pleurs fait la pierre de prix,*
> *Qui maintenant encor porte le nom d'Iris.*
> *Recolorant, naïve, en sa face empierree*
> *De l'arc qui ceint le ciel la trace bigarree.*" (p. 82.)

Während Plinius, wie Schade (*Wb.* II^2, 1349) bemerkt, unter Iris „Bergkrystallsäulen, durch die man wie durch ein Glasprisma ein Spektrum erzeugen kann", versteht und nicht den sogenannten irisierenden oder Regenbogen-Quarz, d. h. „Bergkrystall, der mit feinen Rissen oder Sprüngen im Innern durchzogen ist, so dass durch die Brechung der Lichtstrahlen die Farben des Regenbogens entstehen", scheint dagegen Belleau, nach den oben citierten Versen zu urteilen, diesen Regenbogenquarz zu meinen.

Belleau verlegte den Inhalt dieser Geschichte nach Indien, weil Plinius (37, 21) Indien als alleinigen Fundort des Opals angiebt (cf. dasselbe in Bezug auf den Amethyst oben p. 21): so richtete sich Belleau in seinen Erfindungen doch immer noch nach den Steinbüchern. Hyacinth und Chrysolith behandelt er z. B. jedenfalls deshalb in einer Liebesgeschichte zusammen, weil Plinius (37, 41—42) diese beiden Steine hinter einander aufführt und Äthiopien als ihren gemeinsamen Fundort nennt: dass beide Steine in einem Lande gefunden werden, ist eine jener Geschichte zu Grunde liegende Voraussetzung. Den Opal wird er dagegen nur deshalb mit dem Iris zusammengefasst haben, weil beide Steine — wenn auch in verschiedener Weise — ein buntes Farbenspiel zeigen: er wollte diese beiden Steinen gemeinsame Eigenschaft eben durch seine Erzählung motivieren, wie er ja auch wahrscheinlich die rote Farbe des Hyacinth von dem Blute des getöteten Jünglings Hyacinth herleiten wollte, und wie er offenbar die Liebe des Weingottes Bacchus zu einer nach dem Amethyst benannten Jungfrau erdichtete, um die Eigenschaften des Amethysts zu erklären.

Jene drei betrachteten Gedichte lassen sich zu einer Gruppe zusammfassen, sofern ihr Inhalt dem Haupttitel des Werkes und damit der Grundidee Belleau's entspricht. Eine zweite Gruppe bilden die folgenden sieben, die zwar keine *Amours*, aber doch *Nouveaux Eschanges* der Edelsteine im Belleau'schen Sinne enthalten:

1. *L'Heliotrope* (p. 137—139). Dieses Gedicht bildet den natürlichen Übergang von den drei besprochenen Gedichten zu den nachfolgenden, da Belleau den Heliotrop, ähnlich wie den

Amethyst u. s. w., als einen Menschen darstellt: es ist das erste von den zur ersten Ausgabe des Steingedichts von Belleau hinzugefügten Gedichten und hier nahm er also seine Grundidee noch einmal auf; allein da Belleau nicht von einer Liebschaft, sondern nur von der Verwandlung der von ihm erfundenen Heliotrope dichtet, so muss das Gedicht billig zu den übrigen sechs gestellt werden, welche auch nur von der Entstehung der in ihnen behandelten Steine berichten.

Es gab im Altertum eine Pflanze und einen Edelstein, Namens *heliotropium*. Von beiden spricht Belleau hier und zwar lässt er beide von Menschen weiblichen Geschlechts herstammen. Die eine Heliotrope sei in den Sonnengott verliebt gewesen, dieser habe sie aber verachtet. Hierüber weinend, habe sie neun Tage lang unbeweglich auf einem Flecke gestanden; sie habe sich nur (mit dem Lauf der Sonne) so gedreht, dass sie dem Geliebten (d. i. der Sonne) immer ins Antlitz schaute. Ihr Körper habe schliesslich in der Erde Wurzel geschlagen, ihr Haupt sei zur blassgelben Blüte geworden und so sei aus dieser Heliotrope die Pflanze *heliotropium* (d. i. die Sonnenwendpflanze oder Sonnenrose) geworden, die ihre Blüte immer der Sonne zuwendet (cf. Plinius 2, § 109).

Von dieser zur Blume gewordenen Heliotrope, sagt Belleau, wolle er jedoch nicht singen, und er berichtet nun von einer Zauberin Heliotrope, die den Lauf der Gewässer verändert habe, neue Wasser aus Felsen hervorquellen liess, den Toten Stimme verlieh u. s. w. Obgleich sie nie ihre Kunst missbraucht hätte, so hätten doch die Götter aus Unwillen und Eifersucht, dass ein menschliches Wesen ihre Kräfte nachahmte, sie in den nach ihr benannten Edelstein verwandelt:

„*Luy laissant toutesfois tous les effets premiers*
Que riuante elle auoit par ces charmes sorciers". (p. 138.)

In der Mythologie kommt keine Heliotrope vor; Belleau hat diese beiden Gestalten erfunden; er sucht die Eigenschaften der Pflanze und des Steines *heliotropium* durch seine Erzählungen zu erklären: so macht er die zu Stein gewordene Heliotrope zu einer Zauberin, weil Marbod (§ 29), weniger Plinius (37, 60), gerade dem Heliotrop besonders viel Zauberkräfte zuschreiben, die Belleau denn auch anführt.

2. *La Perle* (p. 58—63). Belleau schildert zunächst die Entstehung der Perlen nach Plinius (9, 54): die Perlmuschel tauche frühmorgens an die Meeresoberfläche empor, sauge den Morgenthau ein und, von diesem geschwängert, gebäre sie die Perle. Er sagt dann weiter (p. 60):

> „Qui ne soit vray, l'on dit encore
> La Perle fille de l'Aurore,
> Quand pour alleger ses douleurs
> Souspirant apres son Cephale,
> Dedans la mer Orientale
> Pleurant s'emperlerent ses pleurs:
>
> Larmes que les conques perleuses,
> Du fruit de leur mere amoureuses,
> Virent au fond de leur berceau" etc. etc.

Die Sage von der unglücklichen Liebe der Aurora zu Cephalus kannte Belleau wohl aus Ovid (*Met.* VI, 661 ff.). Dass aber die Thränen der um Cephalus weinenden Aurora zu Perlen geworden seien, sagt meines Wissens niemand, ausser Belleau selbst, und dieser scheint zu jener Auffassung durch Missverständnis eines von ihm selbst in dem Hymnus *L'Huistre* gebrauchten Ausdruckes gelangt zu sein. In diesem Hymnus preist Belleau — irrtümlicher Weise — die Auster als Erzeugerin der Perlen und sagt von ihr u. a. (éd. Gouv. I, 71):

> „Voyez comme elle est beante
> A fin de succer les pleurs
> De l'Aurore, larmoyante
> Les rousoyantes douceurs,
> Quand de sa couche pourprée
> Elle bigarre l'entrée
> Du matin de ses couleurs."

Belleau erwähnt die Aurora in dem ganzen Hymnus nur an dieser Stelle und diese ist so allgemein gehalten, dass man in den „pleurs de l'Aurore" nicht — wie im Steingedicht — eine Beziehung auf eine die Aurora betreffende mythologische Fabel erblicken darf, sondern diesen Ausdruck nur als ein poetisches Bild für „Thau" auffassen kann, ein Bild, welches Belleau dem Ovid entnahm, der von der um ihren Sohn Memnon weinenden Aurora sagt (*Met.* XIII, 621—622):

> „Luctibus est Aurora suis intenta, piasque
> Nunc quoque dat lacrimas, et toto rorat in orbe."

Dafür spricht auch der Umstand, dass Belleau auch im Hymnus den Angaben des Plinius folgt und dieser sagt ja, dass die Perlmuscheln den Thau einsögen und dann die Perlen erzeugten. — Als nun Belleau sein Steingedicht schrieb, erinnerte er sich jenes Jugendgedichtes;[1] immer geneigt, sein Steinge-

---

[1] Dass B. bei der Abfassung des Steingedichts den Hymnus *L'Huistre* vor sich liegen hatte, beweist, trotz aller Verschiedenheit der beiden Gedichte in Inhalt und Form, ausser der übereinstimmenden Erwähnung der Aurora, die Gleichheit der Strophen: „Car suçottant..." (I, 71) und „Aussi la Perle..." (III, 60).

dicht mit antiken Sagen auszuschmücken, begnügte er sich aber im Steingedichte nicht mit dem blossen poetischen Bilde, ja, er benahm sogar dem Ausdruck *pleurs de l'Aurore* die bildliche Bedeutung, indem er die unglückliche Liebe der Aurora zu Cephalus anführte und damit zugleich absichtlich oder irrtümlicher Weise die von Ovid ersonnene Beziehung dieser Thränen der Aurora zum Thau fallen liess: absichtlich oder irrtümlicher Weise nennt er die Liebe der Aurora zu Cephalus, wo er, dem Ursprung jenes Bildes gemäss, die Klagen der Aurora um Memnon hätte erwähnen müssen.

3. *Le Coral* (pag. 83—88). Nach Plinius (32, 11) und Marbod (§ 20) sagt Belleau, die Koralle entstehe aus verfaultem Seegras, indem dieses an der Luft sich verhärte. Zur Erklärung der roten und der weissen Farbe der Korallen erfand er folgende Fabel: Als die Najaden und Phorcyden (Belleau nennt sie *les sœurs Néréides;* weder die Najaden noch die Phorcyden galten aber im Altertum als Töchter des Nereus) die wunderbare Versteinerung des an die Luft gelangenden Seegrases sahen, baten sie den Sonnengott, er solle mit seinem rotvergoldenden Blick das versteinerte Gras anschauen; dieser erwiderte, sie sollten es mit ihren roten Lippen küssen, er würde ihm dann die gleiche Farbe geben. Beim Kusse der Nymphen wurden so durch die Strahlen der Sonne die Korallenäste blutrot; die aber nicht geküsst wurden, blieben weiss. Diese Fabel fehlt in dem Hymnus *Le Coral*: dass aber Belleau denselben zur Abfassung dieses Steingedichts benutzte, zeigt ein Vergleich der beiden Strophen „*Ce n'est pas la force épanchée*" (I, 68) und „*Non, ce n'est pas le sang des reines . . .*" (III, 86), wo Belleau mit ziemlich übereinstimmenden Worten die schon erwähnte, von Ovid aufgestellte, von dem Dichter der *Lithika* weiter ausgebildete Fabel von der Entstehung der Korallen durch die versteinernde Wirkung des Medusenhauptes als unwahr bezeichnet.

4. *L'Onyce* (p. 89—92). Die Entstehung des Onyx erzählt Belleau in folgender Fabel: Venus schlummert auf blumigem Lager; die Grazien, ihre Dienerinnen, flechten Blumenkränze, sie damit zu schmücken. Da tritt Amor, der Venus Sohn, munter auf ihr schönes Haupt, gleitet hinab in ihren Schoss, setzt sich auf ihre Kniee, küsst sie und bewundert ihre Schönheit. Er sieht sein Abbild in ihren Fingernägeln, und, entzückt von dem ungewohnten Anblick seiner selbst, schneidet er schnell entschlossen mit dem Eisen eines seiner Pfeile die Fingernägel seiner Mutter ab, ohne dass die Schlafende es merkt. Glücklich über die Beute fliegt Amor empor; von dem Geräusch seiner Flügel erwacht Venus, sie bemerkt sofort Amors Raub und ge-

rät in heftigen Zorn, über den Amor sich nur lustig macht. Da lässt Amor seinen Schatz plötzlich fallen:

„*sur le sable perleux*
De l'Indois bazané sous ses crespes cheueux."

Auf Befehl der Götter sammeln die Parzen die abgeschnittenen Fingernägel der Venus und machen aus ihnen den Stein, der noch jetzt vom Nagel den Namen hat.

Diese Geschichte erfand Belleau, wie aus dem Schluss deutlich hervorgeht, um den Namen Onyx (= Fingernagel) zu erklären. Nach Plinius (37, 24) hat der Onyx „*candorem unguis humani similitudine*". — Belleau giebt ausserdem durch diese Fabel eine Begründung, weshalb der Onyx alle die schlechten Eigenschaften besässe, die man ihm im Mittelalter zuschrieb und die er frei nach Pseudo-Mandeville (p. 57) anführt. Er sagt: der Onyx hat —

„*comme ayant sentiment*
Et souuenance encor de son empierrement" —

die Macht, seinen Träger zänkisch, traurig, melancholisch u. s. w. zu machen, wie Amor, da er seine Mutter des Schlafes beraubte und in Zorn versetzte.

5. *Le Jaspe* (p. 115—117). Amor befühlte einst seine Pfeile, ob alle scharf und spitz seien; er wollte versuchen, wie tief er damit Jupiter verwunden könne, der sich über Amor lustig machte, weil dieser ihm an Macht gleichkommen wollte. Durch einen unglücklichen Zufall verwundete sich Amor aber selbst mit einem seiner Pfeile, sein Blut strömt hinab, seine Kräfte schwinden, doch Apollo heilt seine Hand wieder. Das Blut Amors ging aber nicht verloren:

„*Comme estant d'essence pure:*
Car tombant donna couleur
Au Jaspe, qui de verdeur
Portoit la gaye teinture."

Mit dem Wort „*tombant*" deutet Belleau den zum Verständnis dieser Zeilen nötigen Zwischengedanken an, dass Amors Blut auf den ursprünglich grünen Jaspis gefallen sei. Plinius (37, 37) sagt von Jaspis: *Viret et saepe translucet iaspis . . . Optima ergo, quæ purpuræ quidquam habet, secunda, quæ rosæ, tertia, quæ smaragdi*. Marbod (§ 4) hebt den grünen, Pseudo-Mandeville (pag. 49 und 78) den grünen, welcher rote Flecken hat, als besonders heilkräftig hervor. Belleau folgt den Angaben des letzteren in Bezug auf die Heilkräfte des Jaspis, und er sagt, der Jaspis besitze diese Kräfte zur Erinnerung an jenen dem Amor zugestossenen Unfall.

6. *La Pierre Lunaire* (p. 140—142). Die Entstehung des Selenites erzählt Belleau kurz in folgender Strophe:

> „Or on conte que de l'humeur,
> De l'escume et de la sueur
> De la Lune, elle prit sa vie,
> Lors qu'en Latmie s'escartant
> Ses baisers alloit departant
> Au dormeur qui l'avoit ravie."

Eine Quelle für diese nicht gerade sehr ästhetische Fabel habe ich nicht nachweisen können und ich halte Belleau für ihren Erfinder, der ja schon einmal (in dem Gedicht *La Perle*, cf. oben p. 27) seine Autorschaft unter einem allgemeinen „on dit" verbarg. Belleau knüpft diese Fabel an die Sage an, dass Luna den auf dem Berge Latmus in Carien schlummernden Endymion geküsst habe.

7. *La Pierre Aqueuse* (p. 146—148). Die Entstehung des Enhydros stellt Belleau folgendermassen dar: Eine Schäferin spann bei Mondenlicht an einer Quelle und liess ihre Spindel in das Wasser fallen. Um ihre Wolle nicht zu verlieren, tauchte sie unter und ertrank, da niemand in der Nähe war, der ihre Hilferufe hätte vernehmen können. Nach einigen dichterischen Ausrufen des Mitleids und einer Beschuldigung der Nymphen, sie wären undankbar und stolz, weil sie der sparsamen Schäferin nicht geholfen hatten, erzählt Belleau weiter: die vom Mitleid bewegten Götter hätten zur Erinnerung an die Schäferin „l'émail de ses yeux" in jene weissen, immer thränenden Steine verwandelt.

Die Gestalt jener Steine, deren Farbe und Flüssigkeitsgehalt (cf. Schade *Wb.* II², 1332; *Le grand Lap.*, ed. del Sotto, p. 54) erklären es, wie Belleau auf den eigentümlichen Gedanken kommen konnte, diese Steine als versteinerte Menschenaugen zu bezeichnen.

Sofern Belleau in diesen sieben Gedichten über die Entstehung der in ihnen behandelten Edelsteine berichtet, lassen sie sich zu den drei oben vorangestellten Gedichten zählen. Hier wie dort hat Belleau die betreffenden Erzählungen frei erfunden, und zwar suchte er 1) durch diese Erzählungen einen ursächlichen Zusammenhang zwischen den Edelsteinen und deren Eigenschaften herzustellen, und 2) durch mehr oder minder enge Anknüpfung an alte mythologische Überlieferungen seinen Erzählungen einen antiken Charakter zu verleihen.

Ähnliche Fabeln erfand Belleau, mit derselben Tendenz, durch sie den Ursprung der Kräfte der betreffenden Steine zu erklären, in den Gedichten „*L'Agathe*" und „*La Cornaline*". Da diese Erzählungen sich aber nicht auf die Entstehung der beiden Steine beziehen (die Entstehung des Achats behandelt Belleau zwar, aber nach den *Lithika*), so habe ich sie nicht mit zu der vorigen Gruppe gezählt, schliesse sie aber hier an:

1. *L'Agathe* (p. 109—114). Venus erwacht aus dem Schlummer und wird von ihren Dienerinnen geschmückt (cf. oben p. 5). Mit ihrem Gefolge begiebt sie sich nachher zu ihrer Cousine Thetis, die heftig in Peleus verliebt war. (Belleau nennt Thetis und Venus Cousinen, weil Venus die dem Meer entstiegene Göttin, Thetis aber die Tochter des Meergottes Nereus war; die Mythologie kennt ein solches Verwandtschaftsverhältnis der beiden Göttinnen nicht und in Bezug auf das Verhältnis der Thetis zu Peleus sagen die antiken Quellen, z. B. Ovid *Met.* XI, 221 ff., genau das Gegenteil von dem, was Belleau behauptet: Thetis wollte von Peleus absolut nichts wissen, und nur, als sie trotz aller Verwandlungen, die sie mit ihrer Gestalt vornahm, den Gewaltmassregeln des Peleus nicht entgehen konnte, ergab sie sich ihm.) — Die Phorkyaden und Najaden empfangen die Venus am Palast der Thetis und eine von ihnen setzt ihr ein Perlendiadem auf die Stirn, eine andere schmückt ihren Busen mit einem rundgeschnittenen Achat. Belleau schildert nun die schon (p. 6) besprochene, jenem Achat eingravierte Figur und fährt dann also fort: Venus bewundert den unvergleichlichen Achat und zeigt ihn den Göttern, die ihm allerlei Wunderkräfte verleihen; so sagt Merkur: der Träger des Achats solle beredt werden, ein gutes Auge haben und ohne Verlust Handel treiben; Phöbus sagt, der Achat solle gegen den Biss der Eidechse und das Gift des Skorpions schützen, etc. Diese Kräfte sind Plinius (37, 54) und Marbod (§ 2) entlehnt. Im übrigen Teile des Gedichts erzählt Belleau die Entstehung des Achats nach den *Lithika;* auf die ursprüngliche Erzählung kommt er gar nicht zurück, es fehlt derselben deshalb vollständig die innere Abrundung; aber dies ist gerade ein Beweis, dass Belleau diese Fabel um des Achats willen, nicht um ihrer selbst willen, erfand.

2. *La Cornaline* (p. 122—123): Amor verliert beim Spiel den Hornbeschlag (*encorneure*) seines Bogens; ärgerlich hört er auf zu spielen, doch Venus küsst ihn und giebt ihm

„*Pour soudain encorner les bouts
De son arc, une Cornaline.*"

Zum Andenken an diese Begebenheit hat der Karneol die Kraft:

„*D'assopir et fondre l'aigreur
De l'homme eschauffé de colere.*"

Diese Kraft entlehnte Belleau aus Pseudo-Mandeville (p. 66: „... il fait paix et concorde ... et apaise ire"), dem er auch in Bezug auf die übrigen Kräfte des Karneols folgt.

In allen diesen Erzählungen knüpft Belleau an die antike Mythologie an. Es finden sich nun ausserdem in den Steingedichten noch einige wenige Reminiscenzen an das klassische Altertum, die aber zu unbedeutend sind, um hier näher besprochen zu werden.[1]) Hervorgehoben sei nur das Gedicht: „Promethée, premier inventeur des anneaux et de l'enchassure des pierres" (p. 29—31). Dieses Gedicht besteht aus zwei Teilen: im ersten Teil ruft Prometheus die Gewölbe des Himmels, die Winde, Quellen, Flüsse, Berge, Wiesen und das Meer an, seinen — des an den Kaukasus Geschmiedeten — Jammer zu hören; er fleht das Schicksal an, einen Wirbelwind zu senden, der ihn befreite, oder einen Blitz, der ihn erschlüge. Die Erde solle sich spalten und ihn verschlingen:

„Non pour rendre en mourant ma douleur appaisée,
Mais pour n'estre la fable et servir de risée
A la troupe des Dieux, troupe sans amitié,
Trop sourde à ma priere et de peu de pitié" —

lässt Belleau den Prometheus sagen und wahrt so den trotzigen Charakter, den das Altertum dem Titanen verlieh und den man aus den sehr modern klingenden Klagen, die Belleau dem Prometheus in den Mund legt, nicht erkennen kann.

Im zweiten Teil des Gedichtes erzählt dann Belleau, dass Jupiter, aus Mitleid und weil er sich erinnerte, dass Prometheus ihm von einer Ehe mit Thetis abgeraten hatte — weil dieser Ehe nach einem Orakel ein Sohn entspringen sollte, der den Jupiter stürzen würde —, dem Herkules gebot, Prometheus zu befreien, dass Herkules den Befehl ausführte, dass Prometheus aber einen Eisenring am Finger habe tragen müssen, welcher ein Stück vom Kaukasusfelsen enthalten habe:

---

[1]) So in den Gedichten: *Le Diamant* (p. 47): die Götter haben Herz, Lunge etc. von Diamant; was die diamantenen „*clous du Destin*" sind, von denen B. hier spricht, weiss ich nicht. — „*L'Aymant*" (p. 54): Kallisto und Arkas und deren Versetzung an den Himmel als „grosser Bär" und „Bärenhüter". — *La Pierre d'Aigle* (p. 124): der Adler = Vogel Jupiters. — „*La Pierre d'Arondelle*" (p. 129): Anspielung auf die Sage von Tereus, Progne und Philomela. — „*La Pierre Inextinguible*" (p. 143): Brennender Asbest in den Venustempeln als unauslöschliche Fackel benutzt (wohl von B. erfunden). — „*La Pierre Laicteuse*" (p. 158): Entstehung der Milchstrasse — „*Droit chemin pour entrer dans le palais des Dieux*" — als Juno den Herkules säugte und plötzlich ihre Brust dem Knaben entzog, da sie merkte, dass Herkules ein Bastardsohn Jupiters sei.

> „*en memoire eternelle*
> *Du hıreın reconnu de la flamme immortelle*
> *Qu'il auoit prise au char du soleil radieux,*
> *Pour animer subtil son image terreux.*"

Die Veranlassung zu diesem Gedichte wird das Gedicht *De annulo et gemma* bei Marbod gegeben haben, worin dieser dieselbe Sage erwähnt; und zwar steht dieses Gedicht in der Pariser Ausgabe des Marbod vom Jahre 1531 als *Praefatio* ganz am Anfange (noch vor dem Evax-Prolog), wie bei Belleau (während es bei Beckmann ganz zuletzt (§ 61) steht): vielleicht darf man dies als Beweis ansehen, dass Belleau jene Pariser Marbod-Ausgabe benutzte. — Plinius erwähnt dieselbe Sage sehr kurz (33, 4; 37, 1); in den Einzelheiten folgte Belleau jedenfalls den Angaben des Servius zu Vergil *Ecl.* VI, 42.[1]) Beiläufig erwähnt sei, dass dieselbe Sage, wenn auch in veränderter Form im 12. Jahrhundert bei Honorius Augustodensis vorkommt in dessen hauptsächlich Kirchengebräuche behandelndem Werke *Gemma animae* Lib. I, c. 216 [Migne, *Patrol. Lat.* 172, p. 609].

Belleau hatte, wie erwähnt, alle die besprochenen halbmythologischen Fabeln in sein Steingedicht aufgenommen, um diesem Werke möglichst viel Mannigfaltigkeit des Inhalts zu verleihen. Eben aus diesem Grunde aber verschmähte er es, in allen seinen Steingedichten solche mythologische Elemente zur poetischen Ausschmückung zu verwenden: es boten sich ihm noch manche andere Mittel dar, seinen Gegenstand mit einem poetischen Schimmer zu umkleiden.

In erster Linie ist hier auf eine Stelle zu verweisen in der ersten Vorrede, wo Belleau — gleichsam als Ergänzung zu dem einseitigen Haupttitel — sagt, er habe die Edelsteine und deren Kräfte behandeln wollen: „*pour tousiours admirer les œuvres de ce grand Dieu, qui a diuinement renclos tant de beautez et de perfections en ces petites creatures*" (p. 20 Anm.).

Eine Bewunderung Gottes als Schöpfer speziell der Edelsteine spricht Belleau zwar direkt in keinem der Steingedichte aus,[2]) aber dass er von Bewunderung über die schöne Gotteswelt erfüllt war, das beweisen — abgesehen von Belleau's übrigen Gedichten — die Steingedichte *L'Aymant* (p. 50—57),

---

[1]) Davon, dass Prometheus das Feuer gestohlen habe, um die von ihm geformten Menschen zu beleben, sagt Servius nichts; hierfür benutzte B. wohl Fulgentius: *Mythol.* II, 9.

[2]) Höchstens das Gedicht *L'Aymant* könnte man hier nennen, wo B. — im engen Anschluss an Plinius 36,25 — am Anfang den Magnetstein preist als ein Meisterstück der Natur, grossartiger, als die Schöpfung der am Himmel kreisenden Sonnen etc.

Le Coral (p. 83—88), *La Turquoise* (p. 105—108), *La Carchedoine* (p. 134—136), *La Pierre Lunaire* (p. 140—142) und *La Pierre Laictueuse* (p. 158—160).

Alles, was die Natur gebiert, ist der Fäulnis und dem Tode unterworfen (cf. pag. 83, 105, 134); aber nichts geht unter, durch geheimnisvollen Wandel lebt es in neuer Gestalt wieder auf (p. 83, 141), und eben darum, weil *de la mort vient la renaissance* (p. 141), ist die Natur schön (p. 83); wer dies nicht anerkennt, der weiss nicht, dass alle Dinge der Veränderung unterliegen (p. 83) nach Gottes Weltordnung (p. 134), und Gott gab diese heilige Ordnung aus Liebe; durch die Liebe entsteht und geschieht alles in der Welt; nichts geht hier verkehrt, sondern eben nach der heiligen Ordnung Gottes, der die ganze Welt im Gleichgewicht hält (p. 55): diesen Ideen giebt Belleau in den genannten Gedichten Ausdruck. Es klingt das pythagoräisch-ovidische *Omnia mutantur, nihil interit* (Ovid *Met.* XV, 165) aus ihnen deutlich hervor, und dass Belleau durch die „Lehren des Pythagoras" (Ovid *Met.* XV, 60 ff.) wirklich in seinen Vorstellungen beeinflusst wurde, das beweisen die Beispiele, die Belleau zur Illustrirung jener Gedanken anführt: dieselben sind fast durchgängig Ovid entlehnt (cf. zu der Strophe *La terre se destrempe en eau* ... (p. 141) Ovid a. a. O. v. 237 bis 251, zu den auf p. 84 gegebenen Beispielen Ovid a. a. O. v. 364 ff., 372 ff., 264, 368, 416 ff.).

Diese Anlehnung an Pythagoras-Ovid benimmt den Ansichten Belleau's nichts von ihrem Werte, denn Belleau hatte sich diese Ideen nicht bloss äusserlich angeeignet, sondern sie mit den christlichen Anschauungen verquickt. Wie sehr er von diesen Ideen erfüllt war, das beweist am besten der Abschnitt: „*Hommes outrecuistez*..." in dem Steingedicht *La Pierre Laictueuse* (p. 159), wo er sich in den schärfsten Ausdrücken gegen die Menschen wendet:

> „*Qui pensant tout sçauoir, ne recognoissent tous*
> *La moindre des vertus, qui naissent entre nous,*
> *Soit au ciel, soit en l'air, sur terre ou dans les ondes*
> *Ou és boyaux dorez des minieres profondes,*
> *Et disent estre faux ce qu'ils ne sçauent pas.*" —

Dass Belleau auch tiefer in das Walten der Natur einzudringen suchte, davon legt das Gedicht *La Pierre d'Aymant ou Calamite* Zeugnis ab. Wie erwähnt, beginnt Belleau dieses Gedicht mit Lobpreisungen des Magnetsteines; aber er begnügt sich nicht mit einer blossen Bewunderung der im Magneten ruhenden Kraft: er wirft die Frage auf, welcher Art das „Freundschaftsband" sei, das den Magneteisenstein und das Eisen, diese beiden von Natur so unbeugsamen Körper, vereint, und er entwickelt nun eine naturwissenschaftliche Theorie, die er sich allem Anschein nach selbst gebildet hat, und nach welcher er auch die magnetischen Erscheinungen erklärt. Er geht aus von einem Vergleiche des Magneten, der,

„*De ne sçay quelle ardeur cruellement outree,*"

das Eisen ausspürt, mit einem Spürhund, der einen Hirsch verfolgt:

„*Et de nez odoreux et d'haleine flairante
Choisit l'air eschauffé de la beste courante.*"

Diese „heisse Luft" des Hirsches, die der Hund auswittert, ist gleichsam der Dunstkreis des Hirsches im Goethe'schen Sinne (cf. *Faust* I. Teil, ed. Hempel XII, 86; II. Teil, ed. Hempel XIII, 57) und diese Idee eines jedem Dinge eigenen Dunstkreises tritt hier bei Belleau zum ersten Mal auf. Belleau giebt auch sofort die Erklärung, wie er sich die Entstehung dieses Dunstkreises denkt. Er sagt (p. 51):

„*Des choses que l'on voit sous le crystal des cieux
Coulent de petits corps qui vont battant nos yeux
Sans treue et sans repos d'une vive secousse,
S'amasse en air voisin, qui s'eslance et se pousse,
Qu'on ne peut concevoir que par le iugement
Qui vient d'ouïr, de voir, du goust, du sentement,*"

und p. 53 sagt Belleau weiter:

„*Or l'image qui part de tous ces corps spirables
N'est de pareil effet, ny de forces semblables:
Autre est celuy de l'or que celui de l'airain,
Du verre, de l'argent, du fer et de l'estain,
Estant ces corps entre eux de diuerse nature,
Diuersement ourdis, d'air et de contexture:
Cause qu'ils vont suiuant, flairant et recherchant
Pareilles amitiez qui les vont allechant,
En fuyant leur contraire.*" —

Belleau dachte sich also, dass von den Dingen sich fortwährend unendlich kleine, luftartige Teilchen ablösen, die je nach Natur, Gestalt und Struktur des betr. Dinges, von dem sie ausgehen, verschiedene Eigenschaften haben: sie haben die Eigenschaften ihres Mutterkörpers, wenn man so sagen darf. Von Wichtigkeit ist die in obigen Versen ausgesprochene weitere Annahme Belleau's, dass die in der Luft herumschwirrenden Teilkörperchen die ihnen in Struktur und Eigenschaften ähnlichen, gleichartigen Teilkörperchen „verfolgen", „auswittern" und „suchen", die ihnen entgegengesetzten aber fliehen. — Diese Teilkörperchen „*vont battant nos yeux*", sie prallen rastlos gegen unsere Augen an: Belleau giebt hiermit nach seiner Theorie die Erklärung des Sehens, oder vielleicht darf man gerade die Wahl dieses Beispiels umgekehrt dahin deuten, dass Belleau erst durch jene Reflexion über das Sehen zu seiner Theorie gelangte; etwa so: damit wir die Dinge sehen können, müssen sich Teilkörperchen von ihnen ablösen, die unsere Augen treffen und hier den zur Entstehung einer Gesichtsvorstellung nötigen Augenreiz bewirken. — In der unmittelbarsten Nähe des betreffenden Dinges, von dem die Teilchen ausgehen, sind dieselben am dichtesten geschart, weil sie sich noch nicht im weiten Raum verbreitet haben: es bildet sich so um jeden Körper „*un air voisin*", ein Dunstkreis, eine Atmosphäre, die man nur mit den Sinnen wahrnehmen und begreifen kann, und die alle Wechselwirkung der Sinnendinge auf einander vermittelt, also insbesondere das eine sinnliche Wahrnehmung erst ermöglichende Verbindungsmittel zwischen unseren Sinnen und den Aussendingen bildet. — Die Worte:

„*S'amasse en air voisin, qui s'eslance et se pousse,*
Qu'on ne peut conceuoir que par le iugement
Qui vient d'ouïr, de voir, du goust, du sentement,"

und die Beispiele, die Belleau hierzu anführt (p. 51):

„*Nous sentons en hyuer la froideur des riuieres,*
En esté du soleil les flammes iournalieres" etc. etc.,

können nur im Sinne der gegebenen Erklärung verstanden werden. Nach dieser Theorie erklärt nun Belleau auch die magnetische Anziehung: Vom Magneteisenstein geht ein Strom kleiner Magneteisenteilchen aus; dieser sucht — nach der Theorie — das ihm gleichartige Eisen, vertreibt mit Gewalt die schädliche „*air voisin*", es entsteht so eine Leere, und

„*Dans ce vuide aussi tost les premiers elemens*
De ce fer à l'Aymant par doux accrochemens
Embrassez et collez, comme par amourettes,
Se ioignent serrément de liaisons secretes." — (p. 52.)

Belleau vergleicht das an den Magnetstein sich klammernde Eisen mit einer Jungfrau, die ihren Geliebten innig umschliesst, mit dem Epheu, der an einer Eiche sich aufrankt. Die Thatsache, dass ein Magnet kräftig bleibt und selbst kräftiger wird, wenn man ihn mit Eisen „armiert", deutet er dahin, dass der Magnet von dem Eisen sich nähre, Kraft aus ihm sauge, und wenn kein Eisen vorhanden sei, so schmachte der Magnet hin, er ersterbe und werde schwach aus Mangel an Nahrung (cf. Cardanus: „*De subtilitate*" Lib. VII: „*Magnes igitur ferrum trahit ... Causa cur ferrum trahat est, quoniam illius est pabulum, nam (ut dixi) la-*

pides viuunt: ob id etiam optime in scobe ferri seruatur" [*Opera III*. 474]).

Bringt man zwischen das Eisen und den Magneten Kupfererz, so — sagt Belleau (p. 54) — zieht der Magnet das Eisen nicht an (eine Beobachtung, die nur bedingt wahr ist, wenn nämlich der Magnet zu schwach ist, um durch das Medium zu wirken: allerdings hemmt gerade Kupfer als Medium die magnetische Wirkung besonders stark); Belleau erklärt dies damit, dass die „*air voisin*" des Kupfers die Leere im Eisen ganz ausfüllt, so dass die „*air voisin*" des Magneten

„*trouve resistance*
Qui luy defend l'entrée, estant le fer tout plein
Du flot et du bouillon des rayons de l'airain."

Das so von den Strahlen des Kupfers erfüllte Eisen wird aber nicht von Kupfer festgehalten, weil Eisen und Kupfer in Bau und Eigenschaften verschieden sind, und verschiedenartige Körper nach Belleau's Theorie sich fliehen.

Dass magnetisiertes Eisen anderes Eisen anzieht, erklärt Belleau auch nach seiner Theorie: sobald man Eisen mit magnetisiertem Eisen streicht, teilt letzteres dem Eisen

„*Les rayons de fer*
Qui coulent de l'Aymant ..."

mit. Hieraus erklärt Belleau das seit Plinius (34, 42) oft erwähnte (z. B. Isidor *Etymol*. 16, 4, 1; Augustin *de civit. Dei* lib. 21, c. 4) und vielleicht der staunenden Menge von Quacksalbern und Zauberkünstlern oft vorgemachte Kunststückchen, aus mehreren magnetisierten Eisenringen bloss vermöge der magnetischen Anziehungskraft eine Kette zu bilden (p. 56). — Interessant ist es, dass Belleau hier auch den Zitterrochen erwähnt (p. 56). Er erklärt die von demselben erteilten, oft sehr starken elektrischen Schläge ebenso, wie die magnetischen Erscheinungen:

„*Ainsi de la torpille vne vapeur se iette*
D'vn air empoisonné ..."

In seiner *Geschichte der Physik* (Leipzig 1879) sagt Poggendorff (p. 897): „Eine fünfte Elektrizitätsquelle lernte man im Laufe des XVIII. Jahrhunderts am lebenden tierischen Organismus kennen: dem Zitterrochen *Raja Torpedo*, dem Zitteraal *Gymnotus electricus*, und dem Zitterwels *Silurus electricus*. Der Zitterrochen, der in den Meeren des südlichen Europas lebt, war wegen der Lage dieser Gewässer der erste, an dem man die merkwürdige Eigenschaft entdeckte, einen erschütternden Schlag geben zu können. Schon Réaumur spricht davon in den *Mém. de Paris*

1714, aber er ist noch weit entfernt davon, in diesem Schlag einen elektrischen zu erkennen, vielmehr hielt er ihn für einen rein mechanischen, hervorgebracht durch eine sehr schnelle Muskelbewegung des Fisches." Erst 1772 hat nach Poggendorff der Engländer Walsh durch angestellte Versuche die elektrische Natur der Schläge des Torpedo nachgewiesen. — Dagegen ist zu erinnern, dass schon die Alten eine Kenntnis von den Schlägen des Zitterrochens hatten, da Plinius (9, 67) schreibt: „*Novit torpedo vim suam, ipsa non torpens, mersaque in limo se occultat, piscium qui securi supernatantes obtorpuere, corripiens.*" Ferner hat Belleau nach seiner Theorie, wenn er auch keinen Unterschied zwischen magnetischen und elektrischen Erscheinungen macht, doch die Schläge des Torpedo schon richtiger beurteilt, als Réaumur. Gerade der Umstand, das Réaumur 1714 von Belleau's Erklärung nichts wusste, dass auch Anselmus Bœtius de Boot, der alle bedeutenden naturwissenschaftlichen Werke, die es damals gab, zu seiner *Gemmarum et Lapidum Historia* benutzte, Belleau's Theorie ebensowenig erwähnt, wie Poggendorff, ist mir ein Beweis, dass Belleau diese Theorie sich selbst gebildet hat, wie es mir denn auch nicht geglückt ist, etwaige von Belleau hierzu benutzte Quellen ausfindig zu machen. Poggendorff trifft kein Vorwurf, dass er das Steingedicht Belleau's nicht kannte: Wer soll in einem Steingedicht eine Theorie des Magnetismus und eine nach dieser Theorie gegebene Erklärung der Schläge des Torpedo vermuten? Und dass Réaumur Belleau's Gedicht nicht kannte, ist leicht begreiflich: nicht bloss Belleau's, sondern alle aus der Plejade hervorgegangenen Werke hatten das gleiche Schicksal: sie wurden bald, sehr bald vergessen!

Belleau's Theorie ist nicht bloss eine Theorie des Magnetismus, sie ist eine allgemeine, naturwissenschaftliche Weltanschauung: Belleau erklärt ja nach ihr nicht bloss die magnetischen Erscheinungen und die Schläge des Zitterrochens, sondern auch die Entstehung unserer Sinneswahrnehmungen etc. Man darf diese Theorie freilich nicht nach dem Massstab unserer heutigen Erkenntnis beurteilen, will man dem Dichter nicht ungerecht werden. Sie ist nichts, als ein Versuch, den geheimnisvollen Schleier des inneren Naturlebens zu lüften; aber dieser Versuch schon gereicht Belleau zur hohen Ehre.

Belleau erwähnt auch die Sage vom Magnetberge, welcher, in einem Meere befindlich gedacht, alle Eisenteile der in seine Nähe geratenden Schiffe an sich ziehen und dadurch den Schiffen einen unvermeidlichen Untergang bereiten solle. Indem ich au die Abhandlung über diese Sage bei Bartsch: *Herzog Ernst* (p. CXLV ff.) und auf einen, besonders über das Vorkommen der

Sage in China Aufschluss gebenden Aufsatz von O. Peschel (*Abhandlungen zur Erd- und Völkerkunde*, ed. v. J. Löwenberg, Leipzig 1877, p. 44—48: „Der Magnetberg") verweise, will ich hier nur folgenden Bemerkungen Raum geben: J. Grimm wies zuerst auf das Vorkommen der Sage vom Magnetberg in Frankreich hin (Rezension der von v. d. Hagen besorgten Ausgabe des *Herzog Ernst: Heidelb. Jahrb. 1809;* II, 213; cf. auch *Kleinere Schriften von J. Grimm* 1869; IV, 39 ff.). Grimm führt auch die beiden, meines Wissens einzigen altfranzösischen Werke an, welche diese Sage enthalten: das Volksbuch *Huon de Bordeaux* und den Roman *Berinus et Aigres de l'Aimant*. Der altfranz. Roman *Huon de Bordeaux* enthält in seiner ältesten Gestalt (*Ms. de Tours*, XIII. s.; cf. *Huon de Bordeaux, chanson de geste, publ. par F. Guessard et C. Grandmaison*, Paris 1860, p. XXXIX) diese Sage noch nicht; sie ist zuerst in einer Erweiterung des Romans um ca. 2000 Verse enthalten in einer Turiner Hs. aus dem 14. Jahrhundert (cf. Guessard a. a. O. p. XLIII ff., bes. XLVII: f°. 361 v°.: *Ensi que li grifons enporta Huon qui estoit a l'aymant arestes)*; von hier gelangte die Sage in das im 15. Jahrhundert entstandene Volksbuch *Huon de B.*, welches nach Guessard (XXVII) im 16. Jahrhundert mindestens sechsmal gedruckt wurde.

In den *Mélanges tirés d'une grande bibliothèque* XIII, p. 225 ff. teilt Paulmy nach einem von M. de la Dixmerie gemachten Auszug den Inhalt eines französischen Volksbuches aus dem 16. Jahrhundert mit, welches betitelt ist: *La Description, Forme et Histoire du noble Chevalier Berinus, et du vaillant et très-chevalereux Champion Aigres de l'Aimant son fils, ..., nouvellement réduit de langage inconnu au vulgoire langage François.* Der Held dieses Volksbuches gelangt, wie Huon in dem französischen Roman, wie Herzog Ernst im deutschen Roman, auf einer Seefahrt an den Magnetberg (a. a. O., p. 253). Nach einer Anmerkung bei Paulmy (p. 277) findet sich die Sage auch wieder „*dans la premiere Nouvelle de la neuvieme Journée des Contes et Nouvelles de Jean de Florence, intitulés Il Pecorone, dont la premiere édition est de 1554, et la seconde de 1557*". — Wie Grimm schon darthat, ist die Sage im Volksbuch *Huon de Bordeaux* in auffallender Übereinstimmung mit dem *Herzog Ernst* in allen Einzelheiten erzählt. Hier, im *Herzog Ernst* — wie seitdem in Deutschland überhaupt —, erscheint die Sage vom Magnetberg verbunden mit der Sage von dem „geronnenen Meere", mhd. „lebermer", altfranz. „*la mer betée*" (cf. Diez: *Etym. Wb.*, 4. Aufl., 1878, p. 522), welches, nach der Ortsbestimmung des „*mare concretum*" bei Plinius (4,30) zu urteilen, das mit Eisschollen bedeckte nordische Eismeer war (oder wenigstens gab dieses zur Vorstellung „geronnenen Meeres" die Veranlassung; Georges: *Lat.-Dtschs. Wb.*, 7. Aufl., I. 1656 bemerkt zum Artikel *Cronium*: „das Eismeer, noch jetzt im Isländischen *muir chroim*, d. i. die geronnene See"). Nach Peschel (*a. a. O.*) hat Johannes Ruysch in seiner der Ausgabe der zwölf Ptolomäischen Tafeln (Rom 1508) als erstes Blatt beigefügten Weltkarte am Nordpol den Magnetberg eingezeichnet. — Agricola *De Natura Fossilium*, lib. V, p. 604 erwähnt auch, zwar nicht den Magnetberg, aber doch magnetische Klippen („*etenim Mauri tradunt in India maritimas quasdam cautes existere, magnete abundantes, quae clavos omnes ex navibus ad eas appulsis, extrahunt: quae navigia ferro onusta ad se trahunt, et eorum cursum sistunt*"; auch Camillus Leonardus: *Speculum Lapidum* lib. II, c. 7 erwähnt diese Sage, und sie kommt auch vor in dem *Aristoteles de Lapidibus*, Cod. Leodensis 77, saec. XII, ed. v. Rose b. Haupt XVIII, p. 368).

Belleau sagt nun in dem Gedicht *L'Aymant* (p. 56):

„*Mesme l'on tient pour vray que les costes ferrees
Des vaisseaux arrestez sur les ondes verrees
Qui vont rongeant les pieds du rocher aymantin,
Se deferrent soudain*" etc. etc. —

Der Ausdruck „*ondes verrees*" und das gewaltsame Bild „*Qui vont rongeant ...*" scheinen darauf hinzudeuten, dass Belleau ein „geronnenes Meer" im Sinne hatte, und er scheint deshalb die Sage vom Magnetberg nicht bloss aus Agricola — dessen oben zitierte Stelle er gewiss kannte —, sondern auch in der mittelalterlichen Fassung aus einem der oben zitierten französischen Bücher — oder aus mündlicher Überlieferung, oder aus der Einzeichnung in die Weltkarte des Joh. Ruysch? — gekannt zu haben.

Diese Fabel vom Magnetberg und die ganze oben betrachtete naturwissenschaftliche Theorie Belleau's konnte dieser sehr wohl in das Gedicht über den Magnetstein einschieben. Auch die allgemeineren philosophischen Ideen verstand Belleau mit seinem Gegenstande wohl zu verbinden. Als Beispiel, wie er dabei verfuhr, sei das Gedicht *Le Coral* herausgegriffen: Bellau beginnt hier mit der allgemeinen Behauptung, dass alles vergänglich sei, aber stets in neuem Gewande wieder erstehe. Er führt dann — hauptsächlich nach Ovid — als Belege mehrere Beispiele auf, und zwar als letztes Beispiel die angebliche Entstehung der Koralle aus Seegras, und so leitet er in ungezwungener Weise auf die Koralle über, deren Besprechung den übrigen Teil des Gedichtes ausmacht.

Den zuletzt genannten lassen sich die beiden Gedichte *L'Emeraude* (p. 93—99) und *Le Saphir* (p. 100—104) anschliessen, sofern Belleau hier in ähnlicher Weise mit einem allgemeinen Gedanken beginnt, den er durch mehrere Beispiele und zwar zuletzt durch ein den zu besprechenden Edelstein betreffendes Beispiel belegt. In dem Gedicht *L'Emeraude* sagt Belleau, die Menschen hätten viele Kunstfertigkeiten von den Thieren gelernt: einige Thiere zeigten uns Heilkräuter an, andere spännen, andere lehrten das Kommen der Winde oder die zukünftigen Dinge u. s. w. Die spezielleren Beispiele sind zumeist aus Plinius (8, 40—41) entlehnt. Als letztes Beispiel führt Belleau die bei Plinius (7, 2), Marbod (§ 17), Pseudo-Mandeville (p. 76) und sonst oft erzählte Sage an, dass die Arimaspen mit den Greifen um den Besitz des Smaragden kämpften, und wendet sich dann zur Besprechung dieses Edelsteines.

Das Gedicht *Le Saphir* beginnt Belleau mit dem Gedanken, dass keine Hindernisse und Gefahren den gierigen Kaufmann abhielten, reiche und schöne Beute zu suchen, Zeuge davon sei das Gold, die Perle und der Saphir u. s. w. u. s. w.

Jene zuletzt erwähnten Elemente, mit denen Belleau sein Werk ausschmückte, tragen als persönliche Anschauungen Belleau's schon einen ziemlich subjektiven Charakter, wenn auch zugegeben werden muss, dass Belleau seine Ideen sehr objektiv vorträgt. Den Stempel subjektiver Empfindung tragen aber offen an sich die nunmehr zu besprechenden Klagen über die damaligen schlechten Zustände in Frankreich — Belleau lebte ja in der Zeit der Hugenottenkriege —, Klagen, die Belleau in die Gedichte: *L'Aymant* (cf. p. 55), *Le Saphir* (p. 103—104), *La Turquoise* (p. 108), *La Pierre du Coq* (p. 128), *Le Beril* (p. 145) und *La Pierre Sanguinaire* (p. 156) einfügte. In sehr freimütigen, von glühender Vaterlandsliebe zeugenden Worten beklagt Belleau die blutigen Kämpfe der Religionsparteien und bittet Gott, jenem Übel Einhalt zu thun. Er knüpft an den Edelsteinaberglauben hierbei gewöhnlich in der Weise an, dass er dem betr. Edelsteine nach seinen Quellen oder nach eigener Erfindung die Kraft, Frieden zu stiften, beilegt und nachher Gott bittet, er möge diese Kraft des betr. Edelsteines an Frankreich sich bethätigen lassen. In dem Gedicht *La Turquoise* z. B. folgt er nicht den Angaben des Pseudo-Mandeville (p. 109), sondern sagt aus freier Erfindung, der Türkis habe die Macht, Freundschaft zu erwecken; er werde matt und trübe, wenn sein Träger krank und matt wird, und er lasse sich lieber in Stücke brechen, als dass er zusähe, wie man seinen Träger beleidigt. Er erfand jene Eigenschaften des Türkis offenbar, um den höheren Gedanken, der ihn bewegte, in Zusammenhang mit dem Edelsteinaberglauben zu setzen: jenen Gedanken, dass es eine Schmach für das Menschengeschlecht sei, sich so zu befehden, wie es seine Landsleute thaten. Er ruft aus:

„*Maudite invention des hommes*   *Hà, bon Dieu, fais donc que nos Princes*
L'auarice et l'ambition,   *Espoints de quelque sentiment,*
Et la guerre ou plongez nous sommes,   *D'amitié gardent nos Provinces*
Faute d'humaine affection.   *De ruine et de changement . . .*

        A fin que l'orage s'accoise
        Entre eux, s'alliant tout ainsi
        Qu'auec son porteur la Turquoise
        Qui se perd pour garder autruy."

Belleau hat sich schliesslich nicht gescheut, in dem Steingedicht auch seinen innerlichsten Empfindungen Raum zu geben: seiner Liebe zu Magdelon. Er berührt dieselbe in folgenden Gedichten: *La Pierre d'Aymant* (p. 53: „*Comme vn amant pipé*" etc.; p. 54: „*Mais entre nos deux cœurs . . .*"; p. 57: *Va donc, va donc, Aymant . . .*"), *Hyacinthe et Chrysolithe* (p. 64—72), *La Turquoise* (p. 107), *L'Heliotrope* (p. 137), *La Pierre Inextinguible* (p. 143—144), *La Pierre Aquense* (p. 148) und *La Pierre d'Azur* (p. 153—154). Überall klagt hier Belleau, dass seine Geliebte ihn nicht erhörte. So vergleicht er in dem Gedicht *L'Aymant* den Magnetstein, der das Eisen ausspüre, mit einem Liebhaber, der nach seiner Geliebten seufzt, und nennt als Beispiel sich selbst, er wirft seiner Geliebten vor, ihr Herz wäre kalt wie Marmor; sein Herz und das ihre bebten wie zwei Gegner; je mehr er sie suche, desto mehr fliehe sie ihn. Nachdem er gesagt hat, der Magnet ziehe das Eisen nicht an, wenn zwischen beide Kupfer gebracht wird, richtet er an die Geliebte die Frage:

„*Mais entre nos deux cœurs y a-t-il point, maistresse,*
Quelque airain morfondu, qui fait que la rudesse
Du vostre ne s'eschauffe, et n'approche le mien?" etc.

Und am Schluss fordert er den Magnetstein auf, er solle zu seiner Geliebten gehen, und wenn er die Starrheit ihrer eisernen Seele zu brechen vermöchte, wenn er sie an sich ziehen könnte, so wolle er (Belleau) ihn als den Stärkeren anerkennen u. s. w.

Ähnlich klagt Belleau in dem Gedicht *La Turquoise*, dass er Zeit und Hoffnung im Dienste seiner grausamen Geliebten verloren habe. — Nicht so offen, aber doch unverkennbar sind die Anspielungen auf Belleau's Liebe in dem Gedicht *Hyacinthe et Chrysolithe*. Die ganze Anlage der hier von Belleau erzählten Fabel ist offenbar der Wirklichkeit entnommen: wie Belleau, wird

Hyacinth von seiner Geliebten nicht erhört, wie dieser klagt Hyacinth über jene Grausamkeit seiner Geliebten, kurz, Hyacinth ist Belleau, Chrysolithe Magdelon. Wenn nun Belleau den Hyacinth von einer Beleidigung reden lässt, an der Chrysolithe's Schönheit Schuld sei, wenn er ihn sagen lässt, er habe ein geheimes, zwischen ihnen Beiden beschworenes Unternehmen nicht erfüllt und bitte nun um Verzeihung und Gnade, so spielt er gewiss auf einen zwischen ihm selbst und seiner Geliebten geschehenen Vorgang an; aber welcher Art war dieser? Wir sind auf blosse Vermutungen angewiesen; denn wie seine Liebesgedichte überhaupt, geben auch die Steingedichte weiter keinen Aufschluss: sie enthalten alle nur Klagen und Bitten, Bitten und Klagen. Nur in dem von Hyacinth macht Belleau einen gleichsam gewaltsamen Versuch, die Geliebte sich geneigt zu machen, indem er von Chrysolithe sagt: sie trage für alle Zeiten den hässlichen Beinamen der Undankbaren.

In dem Gedicht *L'Heliotrope* hatte Belleau wohl auch seine Geliebte im Sinne, wenn er sagt:

> *Je chante les regrets de mon Heliotrope,*
> *Qui belle me changeoit et rendoit furieux*
> *Ainsi qu'elle vouloit et plaisoit à ses yeux.*"

und weiter unten: „*Qui belle ensorcela la fleur de ma ieunesse.*" In dem Gedicht *La Pierre d'Azur* sagt Belleau, er wolle seinen Liebeskummer dem Lasurstein klagen, obgleich seine Geliebte einen Schmuck von der Farbe dieses Steines trage (er klagt denn auch in der üblichen Weise); der Lasurstein solle aber das Geständnis für sich behalten; denn seine Geliebte sei doch eben so himmlisch, wie er es in der Farbe sei. Am Schluss des Gedichtes redet Belleau, ähnlich wie den Magnetstein, den Lasurstein an, er solle zu seiner Geliebten gehen und ihr versichern, dass seine Seele in kläglichem Zustande sei; wenn er ihren Zorn besänftigen könne, thäte er viel für ihn und sie. Ebenso redet er am Schluss des Gedichts *La Pierre Aqueuse* den Enhydros an, er solle hingehen und sich des Blutes in seiner immer fliessenden Wunde und der Klagen, die er zum Himmel schicke, erinnern, und in dem Gedicht *La Pierre Inextinguible* den Asbest, er solle zu seiner Geliebten gehen und ihre Seele entzünden, die sich mit jeder Flamme, ausser der der Liebe, entzünden lasse. —

Dergleichen Anreden an die Edelsteine finden sich noch in mehreren anderen Steingedichten Belleau's als Widmungen an hochgestellte Damen. Belleau hat, nachdem er das ganze Steingedicht dem König gewidmet hatte, noch die folgenden Gedichte mit besonderen Widmungen versehen: Nr. 2: *Le Diamant, A La*

Royne: Nr. 4: *La Perle, A La Royne De Navarre;* Nr. 6: *Le Rubis, A Madame La Duchesse De Montpensier;* Nr. 8: *Le Coral, A Madame La Duchesse De Guyse;* Nr. 10: *L'Emeraude, A Madame La Duchesse De Nevers;* Nr. 11: *Le Saphir, A Ma Damoiselle D'Elbeuf Marie De Lorraine;* Nr. 12: *La Turquoise, A Madame La Mareschale De Rez;* Nr. 13: *L'Agathe, A Ma Damoiselle De Surgeres;* Nr. 14: *Le Jaspe, A Ma Damoiselle De Brissac;* Nr. 17: *La Pierre D'Aigle, A Madame de Villeroy;* Nr. 19: *La Pierre D'Arondelle, A Ma Damoiselle De Belleville,* und vorher Nr. 18: *La Pierre Du Coq, A La France.* — Gouverneur giebt die nötigen biographischen Notizen über diese Damen in den Anmerkungen zu den betreffenden Gedichten. Es sei zunächst darauf hingewiesen, wie Belleau die Rangordnung jener Damen streng einhält. — Belleau redet am Schlusse jedes dieser Gedichte den behandelten Edelstein an, er solle zu der betreffenden Dame gehen, der das Gedicht gewidmet ist, und ihr Glück und Segen bringen oder ihre Schönheit vermehren u. dergl.; Belleau benutzt natürlich die Gelegenheit, den betr. Damen etwas Schmeichelhaftes zu sagen. In dem der Königin Margaretha von Navarra gewidmeten Gedichte „La Perle" sagt er z. B.:

„*Or va doncques, Perle d'eslite,*   *Si tu l'as, Perlette mignonne,*
Va trouuer ceste Marguerite,   *Ce faucheur ailé qui moissonne*[1])
Des beautez la Perle et la fleur,   *Tout cela qui vit dessous l'aer,*
Et fais tant que tu trouues place   *Ne sçauroit offenser la grace*
A son oreille, ou sur sa face,   *Des chastes honneurs de ta face,*
A fin de gaigner sa faueur.   *Ny le teint qui te fait aimer*".

Hier benutzt also Belleau die Bedeutung des französischen „*marguerite*" = Perle (lat. *margarita*) dazu, der Königin Marguerite de Navarre als „*Perlette mignonne*" zu schmeicheln.

Im Allgemeinen hat Belleau diese Widmungen ebensowenig, wie seine Liebesklagen, in einen Zusammenhang zu den Edelsteinaberglauben gebracht. Nur in dem Gedicht *Le Diamant* hat er dies gethan: er sagt hier aus eigener Erfindung, der Diamant sei so beständig und stark, dass der, welcher ihn züchtig trage, hinsterbe aus übergrosser Liebe; der Diamant habe ferner

---

[1]) Belleau bezeichnet den Tod als „*faucheur ailé*": der Sensenmann (*faucheur*) entspricht durchaus der schon damals geläufigen Vorstellung des Todes als Gerippe; die nähere Bezeichnung „*ailé*" deutet aber darauf hin, dass Belleau den Tod sich nur als mit einer Sense bewaffnet, nicht aber als Gerippe dachte; denn von einem geflügelten Gerippe kann man nicht reden: der „*faucheur ailé*" ist wohl eine aus antiken und modernen Vorstellungen vom Tode gebildete Neuschöpfung Belleau's.

die Kraft, die Gunst einer „wohlerlesenen" Herrin zu erwerben, die lieber das Leben verlöre, als dass eine andere Liebe in ihr Herz sich einprägen dürfte u. s. w.

An sich betrachtet, scheinen diese Aussagen ohne persönliche Beziehung; allein da Belleau gleich darauf sagt, dass er dieses Gedicht der Königin widme, da er dieselbe offen rühmt als standhaft und unbeugsam, in unverletzlicher Liebe dem Könige, ihrem Gatten, ergeben: so erkennt man in jenen Angaben über den Diamant sofort eine sehr deutliche Anspielung auf das zwischen König Heinrich III. von Frankreich und seiner Gemahlin bestehende Missverhältnis: es war der Königin-Mutter gelungen, den König von seiner Gemahlin abzuwenden, die, obgleich sie unter der Untreue ihres Gatten schwer litt, doch nicht aufhörte, ihn zu lieben. — Diese Anspielungen mussten zu Belleau's Zeit von jedem verstanden werden, und so zeigt Belleau hier einen hohen Mut; denn das begeisterte Lob, das er der Königin wegen ihrer gegen den untreuen Gatten bewahrten Liebe erteilt, enthält ja zugleich indirekt einen Tadel gegen den König — und das in einem Werke, welches der Dichter eben diesem Könige gewidmet hat! —

Belleau schrieb also nicht aus eigennützigen Motiven jene schmeichelnden Widmungen; er folgt nur der in jener Zeit, wo die Autoren noch kein Honorar von ihren Verlegern bezogen, bestehenden Sitte, dass man sein Werk irgend einem hohen Gönner widmete, der dann gewiss mit irgend einem Geldgeschenk sich erkenntlich bewies. —

Als Schlussresultat unserer ganzen Untersuchung ergiebt sich, dass Belleau den überlieferten Gegenstand trotz mannigfacher Anlehnung an die früheren Steinbücher in durchaus origineller Weise behandelt hat, indem er durch Einfügung neuer Elemente den an sich prosaischen Stoff in das Gebiet der Poesie zu erheben suchte. Letzteres ist ihm freilich nicht immer gelungen; ganz abgesehen von kleineren Verstössen gegen unseren heutigen Geschmack[1]) — so steht uns doch heute der ganze Edelsteinaberglaube zu fern, als dass wir uns für Belleau's Steingedicht erwärmen könnten. Allerdings lässt sich nicht leugnen,

---

[1]) cf. die von Belleau erfundene Fabel von der Entstehung des Selenites [cf. oben p. 30], ferner die Stelle im Gedicht *La Turquoise*, wo Belleau sagt, aus seiner Herzenswunde flösse nur Eiter, etc.

dass Belleau manche interessante, ja, auch manche recht poetische Momente in sein Werk gebracht hat; aber dies sind gerade solche Elemente, die dem Edelsteinaberglauben fern stehen (wie die Klagen über die politischen Zustände in Frankreich). Ein tiefes Gefühl und ein kühner Freimut wehen uns aus manchen Stellen des Gedichts entgegen. Die Sprache ist im allgemeinen glatt und bilderreich, oft allerdings auch schwülstig und geschmacklos. Dennoch muss man dem Steingedichte Belleau's in der Reihe der Steinbücher neben, wenn nicht vor den *Lithika* unbedingt den ersten Platz einräumen, und auch unter Belleau's eigenen Werken nimmt dasselbe ohne Frage eine hervorragende Stellung ein: es ist schon deshalb durchaus charakteristisch für Belleau's Talent und Wirksamkeit, weil es zwar aus seiner Neigung zur Naturschilderung entstanden ist, aber durch seinen reichen Gehalt an subjektiven Elementen den Beweis liefert, dass Belleau zu viel Lyriker war, um ein guter Epiker sein zu können.

Belleau's Zeitgenossen zollten dem Werke ungeteilte Bewunderung. Seine Freunde dichteten lateinische und griechische Widmungsverse, die dem Gedichte vorangestellt wurden (éd. Gouverneur III, 11—18); namentlich verdient hier genannt zu werden der kurz nach Belleau's Tode (noch im Jahre 1577) erschienene *Remigii Bellaquei Tumulus* (éd. Gouv. III, 365 ff.), eine Sammlung von meist lateinischen Gedichten, in welchen Belleau's Freunde dem verstorbenen Dichter ein Denkmal der Freundschaft setzten. Hier wird Belleau (p. 367) mit deutlicher Beziehung auf das Steingedicht von Nicolas Goulet der Orpheus Frankreichs genannt; als das gewichtigste Zeugnis für den Beifall, den man dem Steingedichte Belleau's zollte, mögen aber die folgenden Verse Ronsard's (a. a. O. p. 367) aus dem *Tumulus* den Schluss dieser Abhandlung bilden:

> „*Ne taillez, mains industrieuses,*
> *Des pierres pour couvrir Belleau,*
> *Luymesme a basti son tombeau*
> *Dedans ses Pierres precienses.*"

VITA.

Ich, Christian Ephraim Reinhold Besser, bin geboren am 25. Dezember 1864 zu Dresden, wo mein Vater, Prof. Ernst Besser, noch jetzt als Oberlehrer am Annenrealgymnasium thätig ist. Im Elternhause vorgebildet, besuchte ich von Ostern 1874 bis Ostern 1882 die — damalige — Annen-Realschule (I. O.) und bezog dann, nach bestandenem Reifeexamen, Ostern 1882 die Universität Leipzig, wo ich noch jetzt hauptsächlich Pädagogik und neuere Sprachen studiere. Ich besuchte bis jetzt die Vorlesungen der Herren Proff. DDr. Arndt, Biedermann, Curtius (†), Drobisch, Ebert, Hildebrand, Masius, v. Noorden (†), Roscher, Springer, Wülker, Wundt, Zarncke und der Herren Privatdocenten DDr. Kœrting, Prof. Settegast und Techmer. Seit Ostern 1885 bin ich ordentliches Mitglied des von Herrn Prof. Dr. Masius geleiteten kgl. pädagogischen Seminars; seit Ostern 1884 habe ich als ausserordentliches Mitglied des Kgl. deutschen Seminars an den von Herrn Dr. Zarncke, im S.-S. 1885 auch an den von Herrn Dr. Kögel geleiteten Übungen teilgenommen, desgl. im S.-S. 1885 an den Arbeiten der von Herrn Prof. Dr. Ebert geleiteten „Romanischen Gesellschaft", und jetzt, im W.-S. 1885/86 beteilige ich mich an den von Herrn Prof. Dr. Wülker veranstalteten „altenglischen Übungen".

Allen den genannten Herren, insbesondere den hochverehrten Herren Proff. DDr. Ebert, Masius, Wülker und Zarncke sage ich hiermit für die mir zu Teil gewordene mannigfache Anregung und Unterstützung zu meinen Studien den herzlichsten Dank.